小説 サイダーのように言葉が湧き上がる

イシグロキョウヘイ

角川文庫
22126

目次

さよならは言わぬものなりさくら舞う　5
十七回目の七月君と会う　7
夕暮れのフライングめく夏灯　56
向日葵《ひまわり》や「可愛い」の意を辞書に聞く　98
青葉闇理由を知りたいだけなんだ　127
やまざくらかくしたその葉ぼくはすき　154
雷鳴や伝えるためにこそ言葉　190
サイダーのように言葉が湧き上がる　232

さよならは言わぬものなりさくら舞う

花火が、いくつも打ち上がる。

夜の闇をカラフルに打ち消していく。

八月の田園を、赤に、青に、橙《だいだい》に。

光は、無機質にたたずむ巨大な工場の、その薄灰色の壁を、年に一度この蒸し暑い季節にだけ様々な色に染める。

花柄の浴衣《ゆかた》を着た女と、工場の作業着姿の男。

レジャーシートに隣り合って座っている。

光が夜空に広がるたび、ふたりもカラフルに照らされる。

赤に、青に、橙に。


花火から視線を外して、彼は彼女を見つめる。彼女もそれに応《こた》える。見つめ合うふたりの距離がゆっくりと縮まっていき、唇が重なる。

瞬間、カチッという硬い音。

両手で口元を隠して、真っ赤にほほを染める彼女。

優しく微笑みながら彼は首を振る。

口元を隠していた両手がゆっくり下がっていき、ふたりの笑顔が、だんだんと近づいていく。

カチッという硬い音。


唇は、離れない。

十七回目の七月君と会う

「空遠し、青田の上を、たゆたう日」

思いついた句を、僕は小さく声に出してみる。意識して。

ベランダの窓越しに青空と入道雲。青田は向かいの4号棟に隠れてここからじゃ見えないけど、入道雲をたゆたう日って表現したのは、いい感じかな。

今日は七月二十日。土曜日。高校最後の夏休みが始まった。

中途半端にエアコンが効いているこの団地の六畳間——僕の部屋は、外の熱気に負けてちょっと生ぬるい。壁に貼った大量の俳句アイデアメモとか本棚に並んだ月刊『俳句』のバックナンバーも、暑さにやられてうなだれて見える。先週届いた《アラカワ引っ越しセンター》って書かれた段ボールの束だけが、窓際にピンと立って存在をアピールしていた。

今日は13時からバイトだ。そろそろ出なきゃ。

最近お気に入りのウエストポーチをたすきがけにした僕は、勉強机の上のスマホケースを手に取った。このまえ《トイボックス》で見つけたバイカラーの手帳型ケース。ミントとバニラの配色がなんとなく自分に合っている気がして衝動買いしたやつだ。なによりこのケースは、スマホの反対側に本が仕込める仕様になっている。つまり、歳時記が仕込める。

あともうひとつ机の上に重要なアイテム。ノイズキャンセリング機能付きの密閉型ワイヤレスヘッドホン。なにも再生することのないそれを、いつものように首にかけた。

ダイニングから響くお母さんの「いってらっしゃーい」に軽くうなずいて、僕は生ぬるい部屋を出た。

団地を抜けると、地方都市特有のデカい幹線道路が住宅街を貫くように延びている。道路をさらに進むと視界が開けてだだっ広い田んぼが現れる。日陰が無くてアスファルトの熱がそのまま跳ね返ってくる歩道を歩いていた僕は、いつものように田んぼの方へと進んでいった。

農道の轍《わだち》を進んでいくと、聞き慣れた用水路の水音が近づいてきた。

水田は青々とのびた稲がびっしり。水と葉っぱが混ざった田舎っぽい匂いが濃くなる。毎年、この匂いがすると夏がきたなって感じがする。

ふと稲の根元に目がいく。雨がふってるみたいに波紋がいっぱい広がる。もちろん、雨なんかふってなくて、

「アメンボ……」

僕はポケットからスマホを取り出してケースを開いた。右側にはスマホ。で、左側には、歳時記。

歳時記って、俳句を始めるまで存在すら知らなかった。簡単に言うと季語の辞書。俳句には季語がマストだから、俳人は素人からプロまで誰でも持っている。

スマホのアプリ版もあるけど、なんとなくアナログな本のほうが使いやすい気がしている。ちなみにこれ、お父さんからの借り物なんだけど。

総索引のア行からアメンボを調べてみると、

P215　夏・動物

水馬［あめんぼ］　あめんぼう・川蜘蛛《かはぐも》・水蜘蛛《みづぐも》・水澄《みづすま》し
〈激流の一隅にゐる水馬　橋本鶏二〉

――瞬間、一句ひらめく。

スマホをタップして《キュリオシティ》を立ち上げた。すばやくフリック入力して《コメント》ボタンを押す。もちろん《#俳句》と付けて。

チェリー@俳句垢《アカ》

水馬や
水面《みなも》に遺《のこ》す
波紋かな
#俳句

チェリーっていうのは僕のあだ名で、苗字《みょうじ》が佐倉《さくら》だから誰かが桜《サクラ》と掛けたんだと思うけど、気づいたら僕はチェリーってことになっていた。

僕がスマホを持ち始めた中学生のころには、この短文型SNS《CURIOSITY：キュリオシティ》がすでに世界を席巻《せっけん》していた。《コメント》っていう短文の投稿でタイムラインはいつもにぎわっていて、そのブームは僕が17歳になったいまでもつづいている。

タイムラインに表示されたコメントを見て、あらためて思う。キュリオシティって、僕に合ってる。会話とかそんなに好きじゃないし得意でもないから、文字だけで成り立つコミュニケーションのほうがしっくりくる。

実は俳句と出会ったのもキュリオシティだ。

たまたまタイムラインに流れてきた有名な俳人の句が想像よりも自由で。

もともと俳句って古風な文化のイメージがあったし、国語の授業でもぜんぜんピンとこなかった。でも『俳句は写真で瞬間を切り取るような感覚』っていう誰かのコメントはめちゃくちゃわかりやすかった。スマホのカメラに慣れ親しんだ僕たちの世代には、その説明はすごくしっくりくる。試しに何句か作ってみると、自分でも驚くほどすらすらできた。

それからずっと、キュリオシティに僕の句をコメントしつづけている。

フォロワー数は……四人。《いいね》も……ぜんぜんつかない。まあ完全に自己満足の世界だし、べつにいいけどさ。

ふと視線を上げると、田んぼの向こうに巨大な箱型の建物。

地元民がこぞって集まる場所。で、僕がいままさに向かっている目的地《ヌーベルモール小田《おだ》》。どこにでもある、全国チェーンの巨大なショッピングモールだ。あのなかにある《デイサービス陽だまり》が、僕のバイト先。

夏休みに入っても、僕の日常は、この巨大なモールのなかに全部そろっている。

ピロン——通知だ。なんだろ？


【CURIOSITY】

まりあ☆さんがあなたのコメントにいいねしました

そういえば一人だけ、毎回必ずいいねをくれるひとがいた。

まあ、僕のお母さんなんだけどさ……。


更衣室でバイト着に着替えた僕は、快適に冷えたモールのなかを通って1階のセントラルコートに向かった。

その奥に、デイサービス陽だまりはある。

ここはいわゆる通所介護の施設。老人ホームに入るほどじゃないひとたちが日中やってきて、食事や入浴をしたり、機能訓練——体の機能を維持する運動——をする。僕はバイトスタッフとして先月から働いていて、通ってくる老人たちの相手をしている。といっても基本は社員さんたちのサポートばかりだけど。

「おはようございます」と店内に入っていくと、ケアマネージャーのナミさんが勢いよくこちらを振り向いた。八の字に歪《ゆが》んだ眉《まゆ》が「すげぇ困ってます！」とアピールしている。ああ、またいつものやつかな。

「チェリィ〜」手を振りながらナミさんがやってくる。「入った早々で悪いんだけどさぁ」と申し訳なさそうに——なんだけど妙に軽い感じで手を合わせて体をくねらせると、ふわふわの金髪ツインテールもくねくね揺れた。僕より6、7歳上だったはずだけど、なんか若いなって思う。

「フジヤマちゃんさ、またアレ、探しにいっちゃったみたいで。たぶんまたモールのなかじゃねーかな」

ほら、やっぱり。

「ナミさーん」部屋の奥からスタッフのあき子さんもやってきた。あき子さんはナミさんの後輩で、ショートカットがさわやか――なのに耳にはピアスがいっぱい。ギャップがスゴイ。ちなみにふたりとも、元ヤンなんだって。でもぜんぜん怖くないし、僕や陽だまりの老人たちにも優しく気さくに接してくれる。軽いノリがちょっとムリなときもあるけど、表面上のコミュニケーションというか、あまり僕に深入りしてこないところが逆に助かった。

「フジヤマちゃんて、いっつもなに探してんですか？」

「なんかー、レコード探してんだって」

「レコード？　……って、こんなの？」あき子さんは両手で大きな輪っかを作った。

「それそれー。でっかいCDみたいな？　たぶんだけど」

「たぶんて」

「あんま詳しく教えてくんないんだよねぇ」

「そーなんだ」

ふたりの会話をだまって聞いていた僕は「じゃ、捜してきます」と踵《きびす》を返して陽だまりを出た。

フジヤマさん――。陽だまりに通う物静かなおじいさん。たんぽぽの綿毛みたいなぼさぼさ頭と鼻からずり落ちそうな老眼鏡が特徴。

フジヤマさんは僕の、俳句の師匠だったりする。といってもテクニックを教えてもらうとかじゃなくて、俳句談義をするくらいだけど。

フジヤマさんの趣味が俳句だって知ったのはつい最近のこと。

『初明けや老いてこそ人生爆発』陽だまりに飾ってあったフジヤマさんの掛け軸のインパクト、いまでも忘れられない。

人生が爆発？　老いてこその《こそ》はフジヤマさんの実感？　どういう感覚なの？　疑問やら興味やらがぶわっと湧いた。

勇気を出して僕から話しかけたのが、僕たちの始まり。フジヤマさんも口数が少なかったし、気が合ったっていうか、僕たちは自然といっしょにいることが多くなった。

そのフジヤマさんが最近、レコードを探しにモールのなかを一人で徘徊《はいかい》――お散歩するようになった。

エスカレーターで上にのぼりながらセントラルコートを見おろして、フジヤマさんを捜す。……いないな。

かわりに目につくのは僕と同年代の学生集団や小学生っぽい子供たち。いつも老人や主婦のグループが座っておしゃべりしている通路の常設ソファーは、ヤンチャなキッズたちに占拠されてゲーム会場と化している。

こういう光景を見ると、夏休みだなって思う。

ゲームセンター、フードコート、カフェ、映画館、洋服屋、雑貨屋、無料Wi－Fi、冷房で快適な空間に、ソファー。そりゃみんな暇ならここに集まるよね。


3階のフードコートへつくと、お昼過ぎとは思えないほどすごい賑《にぎ》わいだった。楽しげなしゃべり声や食器がぶつかりあう音が暴力的に襲いかかってくる。

うるさいな……。

フードコート中を捜しまわったけどフジヤマさんは見あたらなかった。このまえはここにいたのに。

隣接の野外テラスに出てみたけど、ここにもフジヤマさんはいない。かわりにいるのはけだるげなオッサンや行儀の悪い学生グループだけ。

このテラスは金属製のテーブルがいくつか並んでいて、屋根で日陰になっている。

開放感があって景色も良い。けど基本的には屋外だし、夏の蒸し暑さが直《ちょく》でまとわりついてくる。だからこの季節は利用客が少ない。

ふとテラスから望む田園風景に目がいく。

いつも僕が通っている農道が、用水路の反射光をまとってキラキラしている。その近くから、白い点々の塊が、うねうねと形を変えながら空に飛んでいった。

シラサギの群れだ。

目で追いながら、フォーカスを段々遠くに送ってみる。どこまでもつづく緑の平地。空をジグザグに切り取る小田山の稜線《りょうせん》。真っ青な空に、巨大空中要塞《ようさい》のような入道雲。高いところから見渡すと、あらためてその広大さがわかる。

――僕は来月、この街を引っ越す。

お父さんの転勤に伴って……ってやつ。極々ありふれた理由。この街に未練も執着もないし、別に構わないけどさ。

子供のころから見慣れたこの景色を前にしても、センチメンタルな気持ちは、ぜんぜん湧かなかった。

フジヤマさん、もしかしたらモールの外に出ちゃったのかもな、と田んぼを見ながらふと思った。

2階の通路を捜していると、上の方から「チェリーきゅ〜ん！」と気持ち悪いイントネーションで僕を呼ぶ声がした。ふり向いて見あげると、吹き抜けの手すりから顔を覗《のぞ》かせていたのは、最近大人気のアイドル《ヒカルン》こと天乃川《あまのがわ》ヒカル——が印刷された等身大スタンディ。かわいらしくポーズを取ったヒカルンの笑顔が「こっちみてぇ〜」と小刻みに揺れている。

「ぜんぜん似てないよ、その声真似」

「え？　まじ？」と看板の奥から顔を覗かせた少年。メキシコと日本のハーフで薄《う》っすら小麦色の肌に青い瞳《ひとみ》、ナミさんと同じく金髪——まあコイツは刈り上げてるけど——いかにもイタズラ好きそうなニヤけた口元。

「……ビーバー」

年は離れているけど、ビーバーとは幼稚園に入るまえからの知り合いだ。いつも落ち着きがなくてウザいときもあるけど、嫌いじゃない。ちなみにビーバーの家は向かいの4号棟だ。

「そのヒカルン、《トイボックス》のポップだろ？」

「あったりぃ！」トイボックスはモールの2階にあるちょっとオシャレな雑貨屋。僕がスマホケースを買ったお店だけど、アイドルグッズからマニアックな本まで無秩序に陳列された店内が特徴で、そのトイボックスとヒカルンがコラボした等身大スタンディが最近店先に飾られていた。

「勝手に持ち出すとまた怒られるぞ」

「ジャパ、パンが欲しがってんだよ。これ店の前でずっと置きっぱだったろ？　アイツビビりだから自分じゃパクれねーんだ」パクるって、盗んでるって意識はあるんだな、一応。

「ビーバァァ！」不意に怒声が響いた。この声も知っている。

「やべっ、元プリ！」ビーバーはヒカルンを抱えたまま怒声と反対方向へ逃げていった。そのあとをみんなに元プリと呼ばれているモールのフロアマネージャーが鬼の形相で追っていった。

「アイツたしか、まえは苗場《なえば》のプリンセスホテルで働いてたとかで、だから元プリって呼ばれてんの」とはナミさん談。「元プリって！　クソだせぇ」とゲラゲラ笑ってもいた。

　元プリは――このひとも金髪だけど――スーツ姿がビシッと決まっているのに、本気で怒ってビーバーを追いかける姿はちょっと滑稽《こっけい》だった。

ビーバーと元プリを見送ったあと、陽だまりがある1階までフジヤマさんを捜しながらおりてきたけど、結局見つからなかった。

僕はそのまま出入口に向かった。


外に出るとそこは500台は停められそうな広い駐車場なんだけど、アスファルトと排ガスのせいで野外テラスよりも熱気がすごい……。

駐車された車の列を縫いながらフジヤマさんを捜したけど、やっぱりいない。フジヤマさんの綿毛頭はけっこう目立つから見つけやすいんだけどな。

幹線道路沿いの駐車場出入口近くまでくると、スッと気温が低くなった気がした。足元を見て、自分が大きな影のなかに入っていたことに気づく。視線を上げるとそこには高さ5mほどの縦長な立体看板。これが陰を作って涼を生んでいた。看板中央にはヌーベルモール小田のロゴがデカデカと飾られて存在を主張している。

そこで気づく。そのロゴの真下、スプレーで書かれたグニャグニャの文字。一字一字のサイズがバラバラだし、そもそも書き順があやしそうなその文字を、なんとか読み取る。

「上を向くものの多さよ、夏来る……」これ、僕の句だ。

この文字、もしかして……。

フジヤマさんを捜しながらモールのまわりを歩きまわってビックリした。よく見ると店の壁、鉄柱、看板、いたるところに僕の句が落書きされていた。もちろん僕が書いたんじゃない、全部ビーバーだ。アイツ……秘密基地だけじゃなくてこんなとこにも。恥ずかしいって！

不意に、額の汗がまぶたを伝って目に入った。

空を見あげると、カンカン照りの太陽。最近は猛暑つづきで「観測史上最高の気温が――」「熱中症患者が過去最高を記録し――」みたいなニュースキャスターのコメントがインフレを起こしていた。

今日の暑さ、ちょっとヤバいかも。いつもはすぐ見つかるのにこんな暑い日に限って……。はやく見つけなきゃ。

僕は捜索範囲を広げて幹線道路沿いの田んぼに向かった。

幹線道路と並走した広めの歩道をゆっくり歩きながら、僕はあたりを見まわしてフジヤマさんを捜した。歩道は人通りが極端に少なくて、その広さを持て余していた。

バサバサ――。と不意に羽音のかたまりが聞こえた。田んぼの方からだ。見てみると、シラサギの群れが低空を飛んでいた。テラスから見たときは白い点だったけど、この距離から見ると羽を広げたシルエットまではっきりわかる。群れが農道の上を通過していく。群れの真下、農道にポツンとたたずむ、たんぽぽ頭。

……カカシじゃない！　フジヤマさんだ！

体調が悪そうには……見えないな。遠くからだけどしっかり立っているのがわかる。よかった、見つかって。

幹線道路を小走りで横断して、僕はフジヤマさんのもとへ向かった。

駆け寄るにつれてシルエットがはっきりしてくる。フジヤマさんは農道の真ん中に立って、両手で持った四角い30㎝角の紙板――レコードジャケットをじっと見つめていた。

フジヤマさんが探しまわっている例のアレとは、このレコジャケの中身、レコードの円盤だ。

さっきナミさんがあき子さんに話していたけど、どんなレコードなのか、どんな曲が入っているのか、そもそも曲が収録されたものなのか、僕も知らない。

フジヤマさんが以前、レコジャケを見つめながら「もう一度、聴きたい」とつぶやいていたのは見たことがある。探しまわるくらいだから大切なものなんだろうけど、すごいレアなレコードとかかな。

駆けつけた僕は、すこし中腰になり背の小さなフジヤマさんの耳元に顔を近づけて「フジヤマさーん」と声をかけた。……無反応。目の前に立った僕には目もくれないで、レコジャケに印刷された写真――桜並木と鉄塔のようなものが写っている――をじっと見つめている。いつものことだから慣れてるけどさ。

フジヤマさんは極端に耳が遠い。なのに補聴器をつけていないから、話しかけてもこんな感じなのはざら。僕の声が小さいのが原因……とは思いたくない。

そういえば、フジヤマさんに顔を近づけて気づいたけど、ぜんぜん汗をかいてない。しわくちゃな顔には一滴の汗もついていないし、シャツの襟もカラカラに乾いて見える。こんなカンカン照りなのに。

僕はフジヤマさんの耳元にもっと近づいて、自分的最大音量で呼んだ。

フジヤマさんがゆっくり顔を上げて僕を見た。やっと気づいてくれた。

「見つかった？　レコ――」

「おぉぉチェリーィ坊《ぼ》ぉかぁ！」

気づいたら僕はヘッドホンで耳をふさいでいた。フジヤマさん急に大声出すの、ホントやめて……。

僕はヘッドホンを着けたままフジヤマさんの大声を警戒しつつ「見つかった？　レコード」とあらためて聞いた。

フジヤマさんは「ほうほう」と首を振った。今日も見つからなかったんだ。

「そっか。じゃ、もどりましょう」フジヤマさんに手を差しのべると、フジヤマさんも僕の手を取った。

フジヤマさんの歩幅に合わせていっしょに歩き、僕たちはモールへ引き返した。


フジヤマさんと陽だまりへ向かう途中、アミューズメントコートに人だかりができているのに気づいた。「なんですかね？」とフジヤマさんを見たけど、そんなに興味がなさそう。

縦にのびる巨大な筒状の吹き抜け、その1階部分にアミューズメントコートはある。広めのイベント会場で、週末はいつもなにかしら催されていた。このまえは車の即売会をしていたな。

会場では、X状に交差するエスカレーターに面してステージが組まれていて、それを取り囲むように人だかりができていた。エスカレーターに乗っている人たちほぼ全員が会場を見おろしている。人垣の頭越しに見える看板にはファンシーな文字で《オムツ争奪！　赤ちゃんハイハイレース！》と書かれていた。

「はーい！　よい子のみんな準備はいいかなー？　って言っても赤ちゃんたちわかんないかぁ」スピーカーから元気な女性の声。同時に観客のざわつきも増す。ヘッドホン越しだけど、よく聞こえる。これ、外したらけっこうな大音量なのかも。

僕とフジヤマさんは人だかりのすこし後ろでその様子を見ていた。観客が多くて──五十人くらいはいるかな──隙間から辛うじてステージの様子がうかがえる状態。向かって左側に赤ちゃんが四、五人、横列になって座っている。落ち着きなくあたりを見まわす子。いまにも泣き出しそうな子。後ろにいる男性陣は、お父さんかな。この状況に慣れていないのか、オロオロしている。

反対側には女性陣。お母さんたちだと思うけど、床に膝《ひざ》をついて前のめりで赤ちゃんに手を振ったり声をかけたりしている。

ステージ中央にはマイクをギュッと握りしめた司会者らしき女性。さっきの声はこのひとのだったんだな。

握りしめたマイクを仰々しく構えて「では、スタートしますよぉー？」

その声に、赤ちゃんたちよりもお父さんお母さんたちに気合が入って見えた。

「位置についてぇ……よぉーい……あっ！　ちょっと！」

人垣の隙間から、さっきまで左側に座っていた赤ちゃんたちがハイハイで通過していくのが見えた。「待って、一斉にスタートじゃないと、ねぇ！」赤ちゃんたちはもちろん止まらない。

アミューズメントコート一帯が笑い声に包まれた。

「フライング！　フライングだってぇ！」いや赤ちゃんにはわからないって。さっき自分でも言っていたじゃん。

「フライング……」僕は小さくつぶやいた。フライングか。

日本語だとなんていうんだろ。先走り。お手付き。フライ……ング……空を飛ぶ……飛んでいる？　フ・ラ・イ・ン・グ……五文字だ。

「フライング……」右手でリズムを取るようにまたつぶやく。——使えるかな？
スマホケースを取り出して歳時記を開いた。総索引でフ行のページを見てみる。

ぶよ　**ぶよ**　夏二一七
＊ふよう　**芙蓉**　秋三四〇
ふよう　**木芙蓉**　秋三四〇
ふようかる　**芙蓉枯る**　冬四五二
＊ふようのみ　**芙蓉の実**　秋三四六
＊ふらき　**普羅忌**　秋三二一
ふらここ　**ふらここ**　春三二一
ぷらたなすのはな　**プラタナスの花**　春九五
＊ぶらっくばす　**ブラックバス**　夏二一一
ぶらんこ　**ブランコ**　春五〇
ふらんど　**ふらんど**　春五〇

さすがにフライングは季語じゃないか。てかブランコって春の季語なんだ。

「――リー！　――けぇ！」

　ふと耳に意識がいく。歓声に紛れてヘッドホン越しに聞こえるのは……ビーバーの声？　それはものすごいスピードで僕に迫ってきて、歳時記から目を離してそちらを見てみると――ヒカルン!?

　瞬間、衝撃が僕を襲った。猛スピードでぶつかってきたヒカルンに押されて自分の体が宙に飛んだのがわかった。

「きゃ！」

　ほとんど同時に、耳のすぐ近くから女の子の声。……誰？　ちょっと情報量が多すぎて――ドンッ。

　またも衝撃が襲ってきたけど、それは自分が肩から床に倒れ込んだのだとすぐ理解した。痛い……膝も打ったかも。

　ゆっくり体を起こすと、にぶい痛みがじわじわ全身に広がっていった。顔を上げ、あたりを見まわす。その視界の低さに、いつものモールが見慣れない場所に感じた。

　と、すこし離れたところに、僕と同じように痛がりながら体を起こしているひと。髪が長い――同い年くらいの女の子。さっきの「きゃ！」は、この子の声？　……あ、こっち見た。

向こうも状況が整理できていないみたいで、ボーッとこちらを見ている。僕の頭はというと、だんだんクリアになってきて、猛スピードで突っ込んできたヒカルン——たぶんビーバーだと思うけど——が僕にぶつかって、弾《はじ》き飛ばされた僕はこの子にもぶつかって、ふたりして床に倒れこんだ、という状況を推測していた。

そういえばこの子の顔、肌色よりも白の面積が多い……ああ、マスクか。夏なのに。マスクはたしか……冬の季語、——あ。

肌色が、ゆっくりと白を侵食していった。

つけていたマスクの片耳側がするりと外れて、もう片方の耳に辛うじてかかっている状態になると、マスクはユラユラと揺れて、やがてその動きを止めた。肌色は多くなったけど、口のあたりにまだ白が残っている。

……歯か。……なんか、金属の光みたいなのが……わかった。

「きょうせいき……」

自分が無意識につぶやいてしまったと気づいたのは、その子が急に両手で口元を隠してうつむいたから。ほほが真っ赤になって、肩も小さく震えている。

それからあたふたと立ち上がって小走りで去っていった。

と思ったら、もどってきて僕からすこし離れたところに屈《かが》みこみ、床から長方形のなにかを……スマホだ、ぶつかったときに落としたスマホをつかみあげて、柱や親子づれにぶつかりそうになりながら去っていってしまった。

「チェリー、大丈夫か？」とビーバーに呼ばれて、ふと我に返る。ハイハイレースの歓声が、また聞こえてきた。

　なんかしばらくの間、すごく、静かだったな。

　見あげると、ビーバーがヒカルンのスタンディとスケボーを両脇に抱えて立っていた。「どけって言ったのに」ビーバーはぜんぜん悪びれていない。

「急に言われても」

「てかなんだよそのヘッドホンのかけ方ぁ。だっせぇ」

　言われるまで気づかなかったけど、ぶつかった衝撃からか、ヘッドホンが頭の上を90度回転してイヤパッドがおでこにあたっていた。「モヒカンスタイル！」とビーバーが茶化してくる。

「ビーバーァ！」複数の叫び声がハイハイレースの歓声をかき消す。見ると、元プリと警備員たちが集団で迫ってきていた。

「やっべ元プリ！」ビーバーの声が遠ざかる。いつの間にかビーバーは逃げ出していて、スケボーをこいで通路を疾走していた。そのあとを叫び声とともに元プリたちが追う。

体の痛みはいつの間にか消えていた。ゆっくり立ち上がりながら、あの子がスマホをつかみあげていた場所を見てみる。そこにはもう一つ長方形の物が落ちていた。ミントとバニラの配色。

離れた場所から見てもわかる。僕のスマホだ。

拾いにいくと、ミントとバニラのすぐ横に、白が見えた。あ、マスク。

僕はスマホを拾いあげてポケットにしまいつつも、床に寂しく取り残されたそのマスクを見つめていた。あの子、あわててたし、マスクが落ちたことも気づいてないのかも。

光って見えたな、あの子の矯正器。――きょうせいき。きょ・う・せ・い・き。五文字。

ポケットにしまったスマホを取り出そうとして、僕は手を止めた。

さすがに矯正器は、季語じゃないか。

自動ドアが開くと、陽だまりの施設内から賑《にぎ》やかな声が聞こえてきた。ここに通う老人たちが会話を楽しんでいる声だ。

陽だまりはコンビニをちょっと狭くしたくらいのテナントに入っている。玄関を進んでまず見えてくるのは、施設内の一番奥にある団らんスペース。四人掛けのテーブルが二セット。壁の角にはテレビとか雑誌なんかがそろっている。

そこではおしゃべり好きなグループが会話に花を咲かせていた。男性陣で一番よくしゃべる佐々木《ささき》さんは、今日もテンガロンハットをかぶっていておしゃれ。にししと笑っている源田《げんだ》さんはいつもサングラスをしているけど、白内障で眩《まぶ》しいって話しているのを聞いたことがある。大きめのイヤリングとふわふわパーマが特徴の宮原《みやはら》さんは女性らしいおっとりとした笑い方で、なぜかよく僕にお菓子をくれる。

玄関付近のパーティションで区切られたスペースには介助器具がセットされていて、ナミさんとあき子さんが介助作業中だった。

足の悪い兵藤《ひょうどう》さんが歩行訓練用の平行棒に手をかけながら歩くのを、ナミさんは後ろでサポートしている。近くの壁沿いには低めの昇降台と手すりがあって、最近膝《ひざ》が悪くなりがちな相馬《そうま》さんが昇り降りするのを、あき子さんが腰を支えて手助けしている。

「もどりました」

「あ、チェリーおつかれー。フジヤマちゃんもおかえりー」ナミさんは誰とでも同い年の友達みたいに話す。

「佐倉さん、いつもありがとうございます」介助スペースの向かい側、事務用パソコンがある席から声をかけてきたのは、主任の田中《たなか》さん。落ち着いた雰囲気で、みんなのお母さん的な存在。僕のバイトのシフトも田中さんが考えてくれている。

「いいえ、別に」と僕は首を軽くふりながら答えた。

「フジヤマちゃん、レコード見つかった？」ナミさんが平行棒に体をあずけながら聞いた。フジヤマさんはナミさんに向いて、大事そうに抱えているレコジャケの口に手をかけた。ゆっくりと口を開く、が、レコードは入っていない。「ほうほう」と静かに首をふるフジヤマさん。

「そっかぁ」とナミさんは残念そうに言った。

フジヤマさんが、いつも座っている団らんスペース脇の三人掛けソファーに向かって歩き出した。僕もそのあとを追う。

「チェリー」と不意にナミさんの声。振り向くと「仕事中はー」と両手の人差し指を耳に向けるしぐさ。

――あ！　僕は急いで耳にかけていたヘッドホンを外した。「おじいちゃんおばあちゃんたち、それじゃ話しかけづらいってば」ってこのまえ注意されたばかりだった……。


追いついた僕は、フジヤマさんがソファーに腰かけるのを手伝った。こういう小さな補助も僕の仕事。ソファーにはほかに誰もいないので、体の小さなフジヤマさんが座っても両サイドはガラ空き。そばのテーブルでは橋口《はしぐち》さんと山本《やまもと》さんが楽しそうにおしゃべりしているけど、フジヤマさんはそれに加わろうとはせず、じっと座っている。

「また見つからなかったみたいですね」離れた場所から田中さんの声。振り向くと、介助スペースに向かう田中さんがナミさんに話しかけていた。「どこに置いたのか、忘れてしまったんでしょうねぇ……」田中さんの表情がすこし暗くなる。

「主任、フジヤマちゃんのケアプラン、どうしよっか」

「一度ご家族と、相談してみましょう」

「そーだね」

ナミさんの言葉にはいつものフランクさがあるけど、その表情は真剣さを帯びていた。ケアプラン、てなんだろ。でも、なんとなくわかるような。ふたりはきっとフジヤマさんの徘徊《はいかい》――お散歩を気にしているんだと――。

「感情や！　少年海より！　上がりけり！」

突然の叫び声に思わずヘッドホンで耳をふさぐ。ナミさんに注意されたばっかかだけど、フジヤマさんは不意打ちでこれがあるから……。ほんと、声デカいって……。

「感情や、少年海より、上がりけり……」

こころの声が通じたのか、フジヤマさんは小さな声でゆっくりとつぶやいた。これ、知ってる。俳句だ。

「……えっと、それは」……誰の句だっけ……思い出した！

「攝津《せっつ》！　攝津幸彦《ゆきひこ》」

「ほうほう」

「攝津の句には、不思議と動きがありますよね」

「景色に音をつけるとは、……いかに」

「けしきに……おと?」え?　どういう意味?　……高度すぎてわかんないって。

「あの、フジヤマさん。今度から声、すこし小さく……」

「あぁ～んだってぇ!?」

「……声を!」

「なにを!?」

「……いいです」

フジヤマさんとの俳句談義は楽しいけど、こうやってハイレベルな内容になると、いつも僕は振り落とされてしまう。もっと俳句のこと、いっぱい知らなきゃ。


それからしばらくフジヤマさんのそばで俳句談義をしていたけど、談義というよりは禅問答的な?　つまり、僕は今日もフジヤマさんの俳句問答に完敗だった。

「おいチェリーッ!!　いるかぁ!?」とガラの悪い怒声が店内に響いた。入り口の方からだ。

見てみると、ビッグサイズのTシャツに太めのカーゴパンツ、前後ろ反対にかぶったベースボールキャップ、ガニ股《また》で大股、ガラの悪さむき出しの男がずんずんと施設内に入ってきていた。

「あー、タフボーイきたー」とあき子さんが笑顔で手をふる。

「あ、あき子さん……！」タフボーイと呼ばれたソイツは、さっきまでの気勢がウソのようにしおらしくなって「……ちわす。へへ」と赤くなったほほをポリポリかいた。何歳かは知らないけど、見た目は20歳くらいかな。

「フジヤマさーん。お孫さんが迎えにきましたよー」田中さんのよく通る声が響いた。

フジヤマさんがソファーから立ち上がるのを手助けして、僕はいっしょにタフボーイのもとへ向かった。

「あき子さん……、あの、へへ、まじデート、とか」タフボーイはごにょごにょとつぶやいていたけど、僕に気づいて「あ！　チェリーてめえ！」と凄《すご》んできた。コイツも僕のことをチェリーと呼んでくる。友達ってわけじゃないのに。

あき子さんが陽だまりで働き始めてから急によくくるようになったらしいけど、

「『ナミさーん、タフボーイってあだ名、ダサすぎてヤバくないですか？』ってあき子言ってたの、アイツ知らねーんだわ」ナミさん、すごくニヤニヤしながら教えてくれたな。ちなみにこのあだ名の由来は、コイツが着ているTシャツに書かれた《TOUGH☆BOY》って文字だ。今日も着ていて、いままさにその文字が目の前で揺れている。

「ビーバーの野郎どこいんのか知ってんだろ」

「知らない」

「アイツまた俺の愛車に落書きしやがってよぉ」とポケットからスマホを取り出して、僕に突き出してきた。顔にあたりそうになって思わずのけぞる。

　スマホには、白い車に《タフボーイ参下！》とグニャグニャな文字が落書きされている写真。かなりデカデカと。

「さん……げ？」さんじょう、上、の間違いだろ。

「ってめチェリーボーイ！　なめてっとギッタギタだぞっ!!」

　落書きを声に出されたのが気に食わなかったのか、タフボーイの怒りの矛先が僕に向けられた。さらに顔を近づけて威嚇してくる。

「……なめてない」

　納得いかない様子のタフボーイだったけど、「アイツに会ったらギッタギタにしてやるっつっとけ!!」と捨て台詞《ぜりふ》をはいて、フジヤマさんといっしょに帰っていった。

　アイツの声のデカさはフジヤマさんゆずりだな。

「佐倉さん、そろそろ17時なので、今日のシフトも終わりですね」と田中さんが声をかけてきた。「あがってもらって大丈夫ですよ」

　そっか、フジヤマさんを捜したりでけっこう時間がたってたんだ。

「はい」と返事をすると、田中さんが両手の人差し指で自分の耳をさしながら、困ったような笑顔をしている。——あ。

僕はあわてて、ヘッドホンを外した。

私服に着替えて従業員用の出入口から外に出ると、目の前に広がる搬入口一帯は建物の影に覆われていた。停まってる大型トラックも、すっぽり影のなかに収まっている。まだ明るいけど、すこしずつ夕方に近づいているのがわかる。暑さもだいぶやわらいでくれた。

ちょっとのどが渇いたな。今日、フジヤマさんを捜す時間が長くて昼からなにも飲んでない。僕は出入口のすぐ近くにある自販機でサイダーを買おうと思い、歩き出した。

最近は甘くない炭酸水が流行《はや》っている。でも僕は、あれ、あんま好きじゃない。ちょっとくらい甘さが欲しい。あれってなんか、大人用って感じがする。

自販機でいつものサイダーを買って、一口飲んだ。ほどよい甘みがのどを潤してくれる。やっぱこれが一番うまいでしょ。

ふと、自販機のそばにある工事現場のバリケードのようなフェンスに目がいった。オレンジと黒の斜め線が縞々《しましま》に走った鉄板と、その上の、白い布の目隠し部分に、またもグニャグニャな文字。

「群青に、垂直に立つ、大瑠璃《るり》や……」

これ、先週くらいにコメントしたやつだ。……またビーバーか。

アイツ、今日も屋上の秘密基地だろうな。帰ろうと思ってたけど、タフボーイのこともあるし、いってみるか。

ショッピングモールの屋上は決まって駐車場があるけど、景色が変わらなすぎて迷子になりそうになる。建物のなかのエスカレーターやエレベーターの位置と、屋上駐車場の出入口が頭のなかで一致してくれない。お父さんと車で買い物にくるときもよくここに停める。で、帰りに自分たちの車を捜しまわる、なんてこともよくある。

僕は屋上のエレベーターホールから駐車場に出た。屋根が無いので夕陽が一帯にふり注いでいる。エレベーターホール前は陰になっているので、ちょっと助かる。

振り返って、四角い小屋のようなエレベーターホールの壁を見あげると横長の青い案内看板に《C出入口》と書かれている。これが目印。

あたりを見まわす。ひとに見られていないことを確認した僕はホールの側面に移動した。胸の高さくらいのフェンスに素早くのぼり、ホールの壁に設置されたタラップに手をかけて、２ｍくらい先の屋上を目指す。

のぼりながら、ひとに見られていないかまた確認する。ここからだと駐車場全体がよく見わたせる。車はたくさん停まっているけど、ラッキーなことにひとはぜんぜんいなかった。

タラップをのぼりきって、エレベーターホールの屋根の上に降り立った。

屋根の上は平場で広さは陽だまりの半分くらい。で、床一面にグニャグニャな文字。全部ビーバーの落書きだし、……全部僕の句だ。てかこのまえきたときよりも増えてない？

ビーバーはここを秘密基地と呼んでいる。アイツがモールのお店から備品なんかを持ってきてはここに飾るのを繰り返した結果、おもちゃ箱をひっくり返したようにごちゃついた場所へと様変わりした。どうやって持ちあげたのかわからないけど、子供用のショッピングカート——小田市のマスコットキャラ《おだ丸》の人形つき——があったり、ビーチパラソルや日よけテントまである。

ビーバーは昔からいろんなところから物を持ってくる癖があった。ビーバーってあだ名は、アイツのそんな様子を見ていた僕がつけた。本名はたしかパブロだかパウロだったはずだけど、ビーバーのほうがいろんな意味でしっくりくる。

ある日「秘密基地、見つけたぜぇ」とここに連れてこられたんだけど、そのときは物がなにもなかったのに、いまではドラム式の延長コードにつないだ扇風機すらまわっている。扇風機は日よけテントの方に向かって風を送っていた。

「ジャパンきゅぅ～ん」とヒカルンの声——ビーバーものまねバージョン——が聞こえてくる。日よけテント内ではビーバーがお面のようなものを顔の前にかかげて、くねくね体をくねらせていた。

向かいには、腕組みしたまま微動だにせず、仏頂面でビーバーをにらみつける小太りの男。天然パーマに大きなメガネ、エプロンの胸元には3階の《ハンドオフ》のロゴ。ジャパンはまるで大仏だった。

ビーバーが顔の前にかかげているのはお面かと思ったけど、——ヒカルンの顔だ。さっき僕にぶつかってきたヒカルンと同じ、トイボックスとコラボしたスタンディ、の、頭の部分。
「ジャパンきゅるるぅ〜ん。ヒッカルンだよぉ。やっとあえたねぇ〜」
微動だにしなかったジャパンの腕組みがゆっくりほどかれていく。右手がすーっと
ヒカルンにのびていき、素早く奪い去った。
「あ！　……へへ」ビーバーは頭をかきながら気まずそうな笑み。
「……最低かよ」やっとジャパンが声を出した。普段よりも低いので、めちゃくちゃ
怒っているのが伝わってくる。
ビーバーから奪ったヒカルンの首元は、よく見ると乱暴にちぎられた感じで、下半
身はどうしたんだと思ったけど、すぐに見つけた。テントの脇にかわいいポーズで立
っている。首なしで。
「取引は無しだな」ジャパンは静かに、でも怒りはひしひしと感じるテンションで言
いながら、ヒカルンの首をそっと床に置いた。そのままそばにあった大きめのガラス
瓶を手に取って背中側に移した。ガラス瓶のなかにはぺろぺろ飴《あめ》が大量に入っている。
見るからに味のバリエーションが多そうな感じのカラフルな包み紙で、ビーバーの好
物だ。
「おい！　なんでだよ!?」

「首もげてんじゃねぇかバッカ！」

「からだもあるって！」

「そういう問題じゃねぇぇぇ！」ジャパンの悲痛な叫び声に思わずビーバーものけぞる。

ジャパンはヒカルンの首を手に取ってよろよろとテントを出た。首を失ってホラーチックなスタンディの前で立ち止まって、ちぎれた部分に首をゆっくり重ねたり、離したりした。いや気持ちはわかるけどさ……。

ジャパンはエプロンに書いてあるハンドオフでバイトをしている。もともとは知り合いじゃなかったけど、ビーバーづてで友達になった。19歳って言ってたから僕の二つ上。

ハンドオフはリサイクルショップで、家電、ゲーム、服、楽器のほかに、誰が使うんだろうって感じのぼろいジャンク品なんかを大量に扱っている。3階にある店舗はけっこう広くて、それなりに繁盛してそうだった。「たまぁにレアなアイドルグッズとか売りにくるやつがいてさぁ、ホントはいけないんだけど、オレ、キープして自分で買っちゃうんだよね。あ、値段はもちろん店頭価格な。いや、このまえとかヒカルンのライブ会場限定アクキーが流れてきて――」うんぬん、話し出すとジャパンは止まらない。アイドルがすごく好きらしい。ジャパンていうあだ名の由来はよく知らないんだけど、もともと高校球児だったとかで、侍ジャパンの真似事？　とかそんなだった気がする。

一部始終を見ていた僕は腰をかがめてテント内に入り、ジャパンがいなくなって空いたスペースに座った。

「お、チェリー」ビーバーはジャパンがいない隙に飴の瓶を持ち出して、悠々と味わっている。

「ジャパンにあげるために、あのスタンディ持ってきたの？」

「こいつと交換条件でなー」ビーバーは口をチュポンと鳴らして飴を取り出した。

「交換できてないだろ」

「いやだから首もげてたってパーツ全部あんだから」また飴をくわえて満足そうに味わっている。

「そういえば、さっきタフボーイがビーバーのこと捜してた」僕も飴を一つ取る。

「タフボーイさんじょーう！」ビーバーはポケットに手を突っ込んで、リレーのバトンのような黒い棒を取り出した。「アイツの車に書いてやったぜ」それは見たことないくらい極太のマジックペンだった。たぶん油性でしょ。タフボーイも怒るはずだよ。

僕は手に取った飴をなめないで「さんげ」と《下》の字を宙に書いてみせた。

「『下』じゃなくて『上』。あれじゃタフボーイ『さんじょう』じゃなくて、タフボーイ『さんげ』だよ」

「書いたってぇ」とビーバーは不満げだったけど、間違えてたって、ぜったい。


だんだんと陽が落ちて、あたりはオレンジ色に染まりだしていた。

僕はテントからパラソルの下に移って、ビーチソファーでくつろいでいた。ここからは田んぼが視界に入らないけど、大量の車と小田山系の稜線《りょうせん》がパノラマを作る。開放感があって、僕はこの景色がちょっとお気に入りだったりする。

ビーバーはあの極太マジックペンで、床に僕の句を落書きしている。ビーバーとはキュリオシティで相互フォローしあっていて、こいつは僕のコメントを見ては落書きを繰り返している。

「へへへ。けっこううまくなってきたぜ」

「いやお前の落書き、グニャグニャで読めねぇーから。下手くそかよ」ビーバーのそばで見ていたジャパンが馬鹿にした感じで言った。

「落書きじゃねーって、タギングだバッカ」

「んだよタギングって」

「ヒップホップ知らねーのかよ。タギング。グラフィティ。そのへんの壁に文字とか絵がスプレーで描かれてんだろ？　あれだよ」たしかに、街中で文字っぽい絵がいっぱい描いてあるの、よく見るな。電柱とか道路沿いの看板に。でもビーバーの落書きとは似ても似つかないっていうか、ビーバーのは本当にただの下手な字だけど。

「ヒップホップとか、興味ねーし」

「オレだってアイドルとか、ぜんっぜん」

「てかこれ全部チェリーの俳句だろ」

「チェリーのライムで日本語の勉強さ」ビーバーは僕の向かい側のビーチソファーにドカッと座った。リクライニングを盛大に倒してベッドのように寝そべる。

「しゃべれんじゃん」とジャパンが不思議そうに聞いた。

「書けねーんだって。とうちゃんもスペイン語しか書けねーし」ビーバーはいま小六だけど、たしかに文字が書けないと困りそう。学校で教えてくれないのかな。

「フーン」とジャパンは納得した様子。

「僕の俳句、モール中《じゅう》にタギングしてるだろ」

「団地にも書いといてやったぜぃ」

「やめろって、恥ずかしいし」テーブルの上のサイダーを手に取って一口飲む。

「なんでだよ。チェリーのライム、かっけーじゃん」

「ライムじゃなくてはいく」なんだよ、ライムって。

「言ったってぇ」

ふと、視界がまぶしくなる。思わず手に持ったペットボトルで視界をとじた。

さっきまでビーチパラソルが陰を作ってくれていたのに、気づいたら陽が低くなって西日が僕の目元を照らしていた。

ペットボトルのサイダー越しに、夕陽の光が射し込んでくる。泡と夕陽。ちょっと幻想的。夕陽……、いや、

「……夕暮れ」

夕暮れのほうが、時間と空間を同時に表現できるかも。色の情報とか――。

「夕暮れの……」声に出してみる。上五はこれでいこっかな。

「なになに新作?」とビーバーが食いついてきたけど、いまは相手をする気になれない。「別に」と適当にかわして、僕はスマホを取り出した。キュリオシティは下書き機能もある。とりあえずメモろう。

ケースを開いて、いつもみたいにキュリオシティを――。

「えっ!?　なにこれ、誰の!?」

すぐに気がついた。このスマホ、ケースが似てるけど僕のじゃない!

ミントとバニラのバイカラーは同じだけど、なかのスマホ本体の色が僕のと違う。歳時記を挟むギミックもなくてカード入れになっている。厚さもない。

なんで?　ずっと持っていたのに……。

ふとフラッシュバックする、アミューズメントコートでの衝突。

肌色が白を侵食して、口元でキラリと光る——、

「矯正器……」


「どうしよう……」あの子のスマホケースを見つめながら僕はひどく動揺していた。スマホを無くしただけじゃなくて、よりによって他人に見られるなんてキツすぎる……。いや、パスコードは解除できないか。でも歳時記仕込んでるし、変に思われるかも。なんか自分の部屋を覗《のぞ》き見されているみたいでイヤすぎる。

隠れるように日よけテントのなかにもどると、ビーバーとジャパンが僕の異変に気がついたのか、ふたりともテントのなかに入ってきて両脇に座った。ただでさえせまいテントが三人いっぺんに座ったせいで、ギュウギュウづめ感はマックスだった。

あの子のケースは同じブランドのもので、配色も同じだけど、このケースはミント地のところに同系色の星マークがあしらわれている。

——知ってる。これ春先に出てた限定品だ。普通のラインナップよりもちょっと高かったけど、すぐに売り切れてた気がする。

「どーしたんだよ?」とビーバーが聞いてくる。

「スマホ、取り違えたみたい」僕じゃなくて、あの子が。

「取り違えた?」

「たぶん、ぶつかったときに……」

「え、オレのせい?」ビーバーはまたも悪びれない態度。

ピリリリ——。不意の着信。

「かかってきた」とジャパンが冷静に言う。

「え? どうする!? どうしよ!?」

「でればいいじゃん」

そんな簡単に言うなって！　「オレ……無理……」僕は声を振り絞った。……オ、レ、？　完全にテンパってる！

「ロック解除できなくても通話は受けられるって」ジャパンはこういうガジェット系の知識がすごい。

スマホの画面には《ジュリちゃん》の文字と、メガネをかけたマスコットっぽいアイコン。あの子の友達？　てかこれに出てもジュリちゃんと話せるようになるだけであの子と通じるわけじゃ——。あ！

ビーバーが僕から無理やりスマホを取りあげたので「おい！」と叫んでしまった。ビーバーはスマホ画面の通話ボタンを躊躇《ちゅうちょ》なく押して「ほらよ」と僕に返してきた。

『もしもし？』

しかもわざわざスピーカーモードにしやがった！　テント内に女の子の声が響く。あれ？　この声、ぶつかったときの「きゃ」に似てるかも。

『もしもーし？』

「あ……う……」やっぱりテンパって声が出ない！

『……あの、聞こえてる？』

「ん……？」とジャパンが顔を寄せてきた、というかスマホの画面を凝視し始めた。

「いまの……『聞こえてる？』って」と小さく声真似をしてなにか考えている様子。ジャパンの人差し指がおもむろにスマホへと向かっていって、ディスプレイに表示されたなにかのボタンを押した。

『ちょ!!　なによ急に!!』

電話の声が極端にあわてた様子になった。『マスクどこ!?　マリちゃん!!』あわてふためく声がスマホから聞こえる。マリちゃん？　ジュリちゃんじゃなくて？

ジャパンがボタンを押したけどこちらがわにはそれほど変化がなくて、メガネキャラのアイコンが全画面表示になっただけだった。

「な、なに？　どういうこと？」ジャパンに聞いても無反応で、さっきからずっと画面を凝視したまま。「どーしたんだよ」とビーバーも顔を近づけて画面をのぞき込んできた。

と、画面が急に切り替わって、女の子三人組が映し出された。

「あ」

真ん中にいるのは、あの子だ。あれ？　マスクしてる。

「あの……」『あの！』同時に話してしまい、会話が噛《か》み合わない。

『そのスマホ、私のなんですけど……』マスクで口元が隠れているけど、困ってますって感じはビンビン伝わってくる。

「スマイル・フォー・ミー！」突然ジャパンの気持ち悪い雄叫《おたけ》び。

「あ、切れた」ビーバーの言うとおり、ジャパンが迫ったすぐあと、通話終了画面に切り替わってしまった。「えぇぇぇぇ!?」ジャパンの悲痛な叫び声。

「んだよいきなり。きもちわりーな」ビーバーがジャパンにさげすみの視線をぶつける。しかしジャパンは体をおこしてもビーバーに目もくれず「まじか……!!　おいまじかよ、いまのスマイルだろ……!!　ジュリ姉とマリちゃんも……!!　もしかして、オレンジ・サンシャイン復活キタ……!?」興奮が抑えられないのか、ひとりごとをブツブツとつぶやきながら、体をふるわせた。

「なにブツブツいってんだよ。おい。ジャパンってば！　なんだよスマイルとかオレンジ・サンシャインとか」

「現役JKキュリオスだよ！　……チェリーは知ってるだろ？」

僕は首をふった。知らないよそんなの。なに？

「バッカ！　《キュリオ・ライブ》ですげー人気の動画主だぞ！　超かわいい三姉妹でさ、昔はキッズキュリオスって感じでおもちゃのレビュー動画とか配信してたんだよ。最近ジュリ姉とマリちゃんが、あ、ジュリ姉は上の子でマリちゃんが末っ子な。

スマイルは真ん中。んでなんだっけ……最近！　ジュリ姉とマリちゃんがぜんぜん配信に出てこなくなってさ、スマイルだけでやってたんだけど不仲説とかネットでまわってよぉ、いやオレは信じないよ？　オレンジ・サンシャインの仲の良さは異常」

言ってることの半分も理解できないんだけど。

「スマイルだけになってけっこうたつけどやっぱすげー人気なの！　トータル１００万アクセスは――」

ピリリリ――。

「出ろ出ろ出ろ！」と興奮するジャパンがなんどもスマホを指さす。

「いや無理だって……!!」

僕があたふたしている間に、またビーバーが勝手に通話ボタンを押した。

「おいっ！」『きゃっ！』

しまった！　つい大声で、

「いやあの……！　いまのは違くて……その！」

ビーバーはビデオ通話のボタンを押したんだろう、さっきと違ってもうすでに画面にはスマイルさんたちが映ってこちらを見ている。尋常じゃない引きかたをして……。

「あ、の……すみません……」

大声を出さなくていいときに限って、出てしまう。
キュリオシティならこんな失敗はぜったいしないな。文字ベースだし。
非難の視線を浴びながら、そんなことを思った。

夕暮れのフライングめく夏灯

「みんな、聞こえてる？」

私は配信開始のボタンを押して、いつものようにリスナーに問いかけた。マスクつけながら話すと、ほっぺたとかあごとか擦《こす》れちゃって、ちょっと違和感。あとずっとつけっぱなしだと耳のまわりが痛くなっちゃう。それでも、ゴムじゃなくてソフトタイプのやつ使い始めたら、だいぶマシにはなってくれたけど。

小顔効果をねらうためにすこし上にかかげたスマホには、マスク姿で上目づかいの私と床が映ってる。歩きながら配信してるから画面が揺れるけど、このまえお父さんに買ってもらったばかりの新しいスマホだから、スタビ……なんとかって機能がついてて、画面のブレをかなりおさえてくれてる。

画面の下の方ではリスナーの《コメント》が、下から上に向かって流れていってる。コメント数は——あ、もうけっこうすごい。始めたばっかかなのに１００超えてる。

『ばっちり聞こえてるよー』『キター！』『もちろん！』『スマイルちゃんの声かわいい☆』いろんなコメントが出ては消えてを繰り返していく。小さいときからキュリオ・ライブ使ってるからコメントを目で追うのはけっこう得意。――あ。

『今日もマスクだね』『風邪……？　心配だよ』『花粉症とか？』やっぱり今日も、みんな、マスクが気になるんだ。そっか……。心配してくれてるのはわかるけど、私はちょっと気落ちしちゃう。

　リスナーには言わないけど、このマスクは、風邪とか花粉症だからつけてるわけじゃない。――このかわいくない、矯正器を隠すため。


　30分くらいまえ、私はモールの2階にある《タマ歯科医院》で歯医者さんに言われるがまま、口をあけしめしてた。

「はい。では『イー』としてくださーい」

「イー」上からあてられてるライトがまぶしいな。

「開けてー」「アー」「閉じてー」「イー」はやく終わんないかな。
「はい、楽にしてもらって大丈夫ですよ」と言われたとたんに私は上唇を思いきり下にのばして前歯を隠した。鼻の下がめっちゃのびてて変な顔になってると思う。
「違和感ないですか」
「……ぅはぃ」前歯を隠しながらだと変な声になっちゃう。
「じゃあ今日はここまで。歯磨きはしづらいと思うけど、まあそんなときは消毒液で
こまめにうがいしてくださいね」
「……ぅわかぃまひた」わかりましたってちゃんと言えない。
「では、また次の定期検診で」
お会計が終わると「おだいじにー」と受付のひとが言い終わるのを待たないで、私
は逃げるように歯医者を出た。
タマ歯科医院は吹き抜けがあるメイン通路沿いじゃなくて、すこし奥まった場所に
ある。《ヌーベル・ホール》っていうイベント用の部屋とか、旅行代理店が入ってる
区画で、ここはあんまり人通りが多くない。ヌーベル・ホールのすぐ横は壁沿いにベ
ンチがあるだけで行き止まり。ここはさらにひと気がない。私はそこへ、そそくさと
逃げ込んだ。

くるときも確認したけど、もう一度、だれにも見られてないか、あたりを確認する。

――よし、だいじょうぶ。

私は最近お気に入りのデイパック（マスカットグリーンがカワイイ）から《超爽快《そうかい》ずっと耳が痛くならない》って大きく書かれた長方形の包装袋を取り出した。

シールで留められた袋の口をつまんで開こうとすると、ピリッと音が響いた。一瞬手が止まっちゃったけど、気を取り直して、私は袋のなかから白いマスクを取り出した。

ここからの私のマスクさばきは超はやい。マスク開く、両耳にかけ、口元包む。

……もう半年くらい毎日繰り返してるから、慣れちゃった。

マスクの袋のなかは……もうなにも入ってない。いまのが最後の一枚だったみたい。帰りにドラッグストア寄って買ってこなきゃ。

ショートパンツのポケットからスマホを取り出す（バッグに入れてると出したり入れたりがめんどくさい）。新しいスマホに合わせてスマホケースも買い替えた。ミントとバニラのバイカラー。手帳型のケース。実はこれ、限定デザインで、ふつうはミントの部分が無地なんだけど、私が買った限定デザインはトーンカラーで《☆》が印刷されててすごくカワイイ！《☆》がめっちゃ主張するんじゃなくて、トーンカラーで何気なく見える感じがおしゃれ。私の苗字《みょうじ》《星野《ほしの》》をちょっとイメージできるかな、って。

ケースを開いてスマホをカメラモードにする。で、自撮りモードのボタンを押すと自分の姿が映しだされた。マスクがちゃんとついてるか、これで確認。

……大丈夫。マスクはかわいくないけど、ちゃんと隠れてる。

「よし！」

大きな声を出したら、気分も明るくなった。

マスク以外は、いつもの自分になれた気がした。

「みんな、聞こえてる？」

吹き抜け沿いの通路に出てきた私はそのままキュリオ・ライブのアプリをつけて、配信を開始していた。

さっきは100くらいだったコメント数も200くらいまで増えてる。《いいね》

は300くらい。キュリオ・ライブはリスナーがいいねボタンを押すと画面の下から《♡》がフワフワあがってくるデザインで、いまも私のまわりを《♡》がいっぱい飛んでる。よし、そろそろはじめよっ。

「はーい。毎日ニッコリしてますかー？　オレンジ・サンシャインの、スマイルです。スマイル・フォー・ミー！　――わぁ～。いいねたくさん！　もう1000超えたよー。すごくない今日？　ホント、いっつもみんなサンキューで～す。あ～《♡》いっぱい出すぎて私見えなくなっちゃったし。や、ちょっと、コメントはやすぎて読めないって～。おちつけーみんなー。でもホントありがと！　今日きてくれてるひとは……6589人！　あー、6710……増えすぎてわかんない。――じゃ、今日も私が見つけた『カワイイ』を紹介してくね？　みんな、カワイイって思ったら、いいねとかコメントとかくださ～い。ちなみに……、今日は地元のモールでーす。カメラ、切りかえたけど、みんな見えてる？　ここは、えーっと、2階！　吹き抜けがあるところでーす。あ、通路ね？　2階は洋服屋さんとかがそろってるよー。……今日から夏休みだし、いつもよりひとおおいかも。――ぶつからないように気をつけなきゃだね。えっと、カメラを……みんな、また私、見えてるかな？　――よし。じゃあ、みんないっしょにぃー？　ニッコリスマイル～！」

キュリオ・ライブ、すっごい楽しい！　みんなが私のこと知っててくれる。だってすごくない？　このスマホの向こうに日本中――もしかしたら世界中のひとがいて、そのひとたちと私はいま一緒に遊んでるんだもん。リスナーのみんなも『スマイル・フォー・ミー』とか『ニッコリスマイル』とかコメントでいっしょにやってくれてて。文字だけど《声》が聞こえる……みたいな？　こんなの、リアルじゃ考えらんないでしょ。

私は――私が見つけた『カワイイ』をみんなと共有したい。キュリオ・ライブがあれば、こんなに簡単に実現できちゃう！　楽しい！

「あー、みてみてー？　ちっちゃい自販機ー。カワイイー」

3階の通路に、子供用かな？　私が中腰になるとちょうどいいくらいの高さに見える自販機。やっぱモールってファミリーがいっぱいくるからね。

「ヒカルンのスタンディ。ヒカルン超カワイイよねー？」トイボックスって私けっこう好き。スマホケースもトイボックスで買ったし。

1階のサザンコートにくると、だるまばっか！　エスカレーターの横あたりに広場があって、ブッサンテン……だっけ？　いろんな場所の名産をあつめて売ってるけど、今日はだるまの即売会みたい。小田市の名産だね。私の地元！　おだ丸もぱっと見だるまだし。

売り場には大きいのから小さいのまでいろんなだるまが飾られてて、ピンクのだるまとか白のだるまもある！「だるまー。カワイイね！」

――あれ？『カワ……イイ？』『カワイイよ～（汗）』『うーん、このセンス』『だるまかわいいの流れ』ちょっと、コメント！

「カワイイって、だるまー」なんか私の感覚、ズレてるのかな？　でも自信あり！　だるま、カワイイ！

そういえば一つ気になる『台』がある。この台、どう考えてもなんかの機械でしょ？というのも、そもそもサイズが超大きくて、私が両手を広げても端から端までぜんぜん届かないくらいの横幅、全体的に緑に塗装された鉄板みたいなのでできてる。ドリルみたいなのとか、円盤みたいなのとかがついてたり、後ろがわにまわってみるとボタンとかモニターみたいなのもあるし。で、その『台』と呼べない『台』に、無理やりだるまが飾られた状態。

「これ、なんだろ?」リスナーに聞いても『?』『なんかの機械?』『ロボットっぽい！』とかばっか。でもまあ、これは別にカワイイ感じじゃないからな、いっか。

もっとたくさんカワイイを見つけるため、私は近くのエスカレーターに乗って2階へ移動した。

「これはインフォメーションのマークでーす。アプリのアイコンぽくない？」モールの真ん中くらいのところにインフォメーションコーナーがあって、《！》がカワイくデザインされた看板が見通しいい場所に飾られてる。私、これけっこう好き。

「カートの列車ー」加藤《かとう》書店の横にあるカート置き場でおだ丸の人形がついてるカラフルな子供用カートが列になってるの。なんか遊園地みたい。おだ丸ブサカワだけど、このカートはカワイイ！　ちょっと私も乗ってみたい。

ふと、吹き抜けの方からたくさんの笑い声と歓声？　っぽいのが聞こえてきた。あっちは……アミューズメントコートの方だ。

アミューズメントコートは1階にあって、サザンコートとちょうど反対側の場所。けっこう離れてるし、さっきは声に気づかなかったな。

吹き抜けのところまで小走りで向かう。だんだん歓声が大きくなってきた。

丸形の吹き抜けにつけられた輪っか状の柵《さく》に手をついて、1階を見おろしてみる。

「わー！」すごい人だかり！　やっぱイベントやってるんだ。

会場の真ん中で赤ちゃんがハイハイしたり、寝転がったり、泣いたり笑ったりしてる。まわりのお客さんたちはそれを見て声をあげてたみたい。

「ハイハイレース！　カワイイね！」私は会場までいってみることにした。

エスカレーターをおりて会場につくと、「ひといっぱい！」上から見たよりもひとだかりが多く感じた。

私の身長は低いってわけじゃないけど、赤ちゃんたちが見えないな。でも、こういうときにはスマホが役立つ。配信画面を自撮りモードからふつうのカメラに切り替えて、手を上にいっぱいのばして掲げると、観客の頭越しに……あれ、ぜんぜん映らない……。角度を変えたりしたけど、ぜんぜんダメだ。ひと多すぎ！

「ビーバァァァ！」

不意に歓声を切り裂く叫び声。私は思わずスマホを引っ込めた。誰!?　……私のこ、こ、い、いと呼んだの。

上の方から聞こえたけど、私はきょろきょろと私を呼んだひとをさがした――。

「うわぁ！」

その声が私のすぐ左横から聞こえたときには、私とスマホは宙にはじき飛ばされていた。なすすべなくって感じで、私は思いきり床に倒れ込んだ。

いろんなことが同時に起こって、わけわかんない……。硬い床だったからけっこうな衝撃で、肩とか腰にじわりと痛みが広がった。

ゆっくりと体を起こしながら、あたりを見まわしてみる。ハイハイレースの観客の足がたくさん。——あ。

男の子と目が合った。同い年くらいかな。その子も倒れたあとからだを起こしたって感じで、「いってぇ……」と肩をさすっていた。低い視界のなかで同じ視線の高さなのは、私たちだけだった。

ちょっと気になるのが、この子、ヘッドホンしてるけどつけかたが変。耳にかける部分がおでこにきてて、なんかモヒカンみたいになってる——。


「矯正器……」

聞き逃さなかった。そのひとの声、超ちいさかったけど、私には聞き逃せなかった。

私の家はモールから歩いて10分かからない。

モールの前に大きい田んぼが広がってるんだけど、ここ、じつはぜんぶウチの田んぼで。私の家はけっこう古くからここで農家をやってて、いまはパパとおじーちゃんを中心に稲作をしてる。農道を通れば家まで近道だし、私はいつもここを歩いてモールまで通ってて。

農道のわだちが後ろへゆっくり流れていく。うつむいて歩いてるから前を見てないけど、どうせ私以外にひとなんてこないし、危なくない。

用水路の上にかかった小さな橋のところで、私は立ち止まった。あのひとの声が、頭のなかによみがえる。また、顔が熱くなってくる。

「……きょうせいきって言ったしぃぃ！」

歯を見られたのが恥ずかしすぎて、思わず叫び声をあげちゃった。

――あれ？　口元がスッキリしている気が……あ！

「マスク！　どこ⁉」

気づかなかった。いつの間にかマスクが外れてどっかいっちゃってる。そうか、ぶつかったときに……。

ちょっと考えればわかるけど、あのときはホントにテンパってたからわけわかんなくて。田んぼのまわりにひとがいなくてよかった。

私はバッグからマスクを取り出そうとして、思い出す。そうだ、最後の一枚だったんだ。

……やっぱ、目立つんだな、私の歯。矯正器って言ってたけど、出っ歯のほうは、気にならないのかな。

私はポケットからスマホを取り出した。画面も自撮りモードに……しなくても、見える。画面のガラスに映り込んだ私の顔。ビーバーみたいな大きな前歯に、矯正器。見たくないはずなのに、確認せずにはいられない。……あれ⁉

「なにこれ！　だれの⁇」

このスマホ、私のじゃない！　私のやつは左側がカード入れになってて電車の定期をいれてるんだけど、いま手に持ってるこれは、見たことない本がはさまれてる状態だった。

ふとフラッシュバックする記憶。モヒカン状になった——。

「ヘッドホン……」

これ、きっとあのひとのスマホだ。私が間違えて……。

ケースを閉じてみると、やっぱり、ミント地のところに☆がない。

あらためてケースを開く。この《季寄せ》って書いてある本、なんだろ？　……なんか、辞書っぽい？　見たことない単語が縦書きで書かれてて、その説明文みたいなのが下につづいてる。……ん？　まってそういえば！

「ってかスマホ！　置いてきちゃったじゃん！」

私は急いで（両手で口元をかくしながらだけど）アミューズメントコートにもどってきた。ハイハイレースはもう終わっちゃったのか、さっきまでのひとだかりがウソみたいにガランとしてた。

さっきスマホを拾った場所を捜してみたけど、なにもなかった。スマホだけじゃなくて、マスクも落ちてない。

2階のインフォメーションに落とし物が届いてないか聞いてみても、私のスマホは届いてなかった。

どうしよう……。スマホないのはヤバい。なんか、こころがざわつく。そわそわする。インフォメーションセンターの《！》が目につく。――ふとひらめく。

そうだ！　マリちゃんなら！

私は妹のマリちゃんにお願いするため、一目散に家に向かった。


「ただいまー！」家に帰るとパパとママが同時に「おかえりー」と言った。リビングを駆け抜けてそのまま階段をのぼっていく。「ユキー、家のなかで走らないー」ってパパに怒られちゃったけど「はーい」と答えつつも私はそのまま階段を駆け上がり、2階の廊下を通って私たちの子供部屋に飛び込んだ。

「マリちゃーん！　たすけて！」部屋に入るとマリちゃんじゃなくてお姉ちゃんのジュリちゃんと目が合った。

「ちょっとユキちゃん、静かにして。明日《あした》模試なのー」ジュリちゃんは部屋の真ん中にある共有スペースで勉強中だった。ジュリちゃんは私のいっこ上で今年高三の受験生。アート系が好きだから美大受けるのかと思ったんだけど「私けっこう堅実だし。趣味は趣味で切り分けてるの」ってふつうの大学にすすむんだって。

ジュリちゃんはすっごいおしゃれさんで、洋服のブランドとかめちゃめちゃ詳しい。

パパに似てちょっとくせっ毛だけどそれがむしろかわいくて、大きめのメガネもよく似合ってる。

私たちの子供部屋は間仕切りをなくしてるから二十畳くらいの大部屋になってる。子供たちが仲良くするようにって、パパが設計士さんに頼んだんだって。

向かって右が私のスペース、左がジュリちゃんのスペース、真ん中には大きめの丸テーブルひとつとイスが三個（イスって『脚《きゃく》』だっけ？）。みんな勉強はここでするし、勉強がなくてもよくここであつまっておしゃべりしてる。マリちゃんもよくここにいるんだけど……今日は見あたらない！

「マリちゃんは⁉」

「え？　ロフトの方じゃない？」

私はロフトにつづく階段を駆け上がっていった。マリちゃんのスペースはロフトにあって、ちょうどその真下が私のスペース。

「あれ、マリちゃん？」ここにもいない。どこいったの⁉

「なにー？」マリちゃんのスペースの向かい側、プレイスペースってママが名付けた遊び場からマリちゃんの声。「ユキちゃんどしたー？」スティックキャンディをなめながらマリちゃんがこっちを見てる。

「マーリーちゃぁん！」私はとにかくはやくマリちゃんにお願いしたくて、ロフトで地続きになってるプレイスペースへ駆け込んだ。マリちゃんとぶつかりそうになっちゃって「うわ！　あぶな！」ってマリちゃんもちょっと引いてた。

「マリちゃんお願い！　私のスマホ、どこにあるか調べて！」私はポケットから取り出したスマホをマリちゃんに見せた。

「あるじゃん」ってマリちゃんは不思議そうな顔。違うの！

「これ私のじゃないの！」


事情をぜんぶ話すと、マリちゃんは「スマホなくしたのはヤバいね。死ぬね」と、マリちゃんのスペースにあるパソコンで私のスマホを捜す作業を始めてくれた。

マリちゃんはパソコンのネットゲームが大好きで、パパのおさがりを使ってる。中二だけどネット系の知識はパパから教わってるからけっこうすごいっぽい。「ジーピーエスたどればすぐわかるから」ってマリちゃんは言ったけど、なんのことかはホントわかんない。

マリちゃんは長い髪を両サイドでお団子二つにまとめてて、からだを動かすとお団子もちょっと揺れてカワイイ。

「スマホなくしたくらいじゃ死なないって」さっきまで下で勉強してたジュリちゃんは、マリちゃんのベッドに腰をおろしてスマホをいじってる。

「いや、スマホないんだよ⁇　死ぬでしょフツー‼」私の気持ち、ジュリちゃんわかってくれないの？　てかジュリちゃん明日模試じゃないの？

「死ぬ」マリちゃんがパソコンしながらうなずくとまたお団子が揺れた。

「今日中に取り返さないと死んじゃうぅ～！」

「あった！」

「ホント⁇」

　モニターの地図っぽい画面の真ん中に《ユキちゃんのスマホ》の文字とスマホっぽいアイコンが表示された。

「ここって……」マリちゃんの顔がモニターに近づく。「モール？」

「モール！」さっき捜したのに。

「あったの？」ジュリちゃんもモニターをのぞき込んできた。

「モールだって！　いってくる！」と言いながら、私はすでに駆け出してた。「いってら！」とマリちゃんの元気な声。

「とりあえず電話してみたらー？」部屋から駆け出てた私はジュリちゃんの声にいっ

たんもどって「だからモールにあるんだってー！」と返した。ロフトから見おろしてるジュリちゃんが、自分のスマホを取り出してクイクイッとアピールした。

「かけてみたら、出てくれるかもよ？」

あ、なるほど。ジュリちゃんのスマホから私のスマホにかけたら、拾ってくれたひとが出てくれるかも！　ジュリちゃん頭イイ！　さすが受験生！


「よかったね、スマホ返ってきて」

「もおホントによかったー。どうなるかと思ったし」

「死なずにすんだね」

「うん！」

七月二十四日。ジュリちゃんが「あー、もう勉強限界」って言いだしたから、今日はジュリちゃん、マリちゃんと三人で久しぶりにモールの《ナイアガラカフェ》にきた。ここのワッフルがおいしくて、なかでもミントチョコのアイスをトッピングしたやつが一番好き。ハーブティーは夏だけどホット。こっちのほうがワッフルに合う気がするし。マリちゃんはベリーソースがかかってるやつを頼んで、ジュリちゃんはプレーンワッフルにバニラをトッピングした。

さっきジュリちゃんが言った通り、私のスマホは無事もどってきた。あのビデオ電話のあとアミューズメントコートで待ち合わせてお互いのスマホを交換した。無言で……。あのひと、ぜんぜんしゃべってくれなくて。

「ユキちゃん、なにその食べ方……」

「流行ってんの？」

ワッフルを食べるためにはマスクを外さなきゃならない。でも歯を見られたくない私は片方の手で口元を隠しながらワッフルを食べてたんだけど、

「いいの！」だって見られたくないんだもん。

ワッフルを堪能《たんのう》して（食べづらかったけど）ナイアガラカフェを出た私たちは、とくに目的もなくモールのなかをプラプラしていた。

通路を歩きながら「そんなにひとに見られるのイヤなの？」とジュリちゃん。

「やだよ。グロいし」

「メカ女子だよユキちゃん。キテるって。もっと人気出るって」でた、マリちゃんのプロデューサー発言。私はマリちゃんをさえぎって「やーだ」と強く反発した。

「てかさ小さいころはチャームポイントだったわけじゃん？　出っ歯」

「そーだけど……」

「そーだよカワイイって。リスナーにもメッチャ人気だったし、ビーバースマイル」

「ビーバーじゃないし」

ビーバースマイル。

小さいころはそのニックネームもかわいく思えて、自分でもお気に入りだった。


キュリオ・ライブを始めたのは6年前。私がまだ小学生だったころ。

キュリオシティの動画配信サービスがあるのは知ってたけど、最初に興味をもったのはマリちゃんだった。「アメリカでキッズキュリオス（キュリオ・ライブで動画配信する子供のこと）がすごい流行ってるって！」とパパにおねだりしたのがきっかけ。

当時は私たち三人ともスマホを持ってなかったから、マリちゃんはパパにお願いするしかなかった。パパもこういうの好きだからけっこうノリノリで。ママはあんまりいい顔しなかったけど、マリちゃんのプッシュがすごくて結局OKしたみたい。

最初はお年玉でマリちゃんが買ったおもちゃとかを紹介してたんだけど、ロフトのプレイスペースでマリちゃんとパパが楽しそうに配信してるのを私とジュリちゃんも見て、仲間に入れてもらった。

私たちは《オレンジ・サンシャイン》ていう姉妹ユニット名で毎週一回、動画の生配信をしていた。基本的におもちゃの紹介ばっかだったから、プレイスペースはすぐおもちゃの山になった。

マリちゃんはお団子あたまが、ジュリちゃんはくせっ毛と大きなメガネがチャームポイント（いまとぜんぜん変わってない！）で人気になった。

で、私はというと、パパ似の大きな前歯が人気で。

私がニカッて笑ったときに前歯が目立つのが『ビーバーみたいでカワイイ』っていうコメントがだんだん多くなったんだけど、褒められると「この歯はとくべつな歯なんだ」って自分でも好きになっていった。ビーバースマイルって名付けたのはだれだったか忘れちゃった。そのうちビーバーが取れて、《スマイル》っていうのが私の呼び名になった。

スマイル・フォー・ミーの決めポーズはジュリちゃんが作ってくれた。当時人気だったアイドルグループを真似たんだって。


三人で配信をするのはホント楽しかった。

でもマリちゃんは飽きるのがはやい。「ゲームのプレイ動画配信のが楽しいわ」ってキュリオ・ライブやめちゃって。ジュリちゃんは私たちのなかで一番勉強ができるんだけど「時間もったいないから」って。

けっきょく残ったのは私だけで、2年くらいまえからひとりで配信をつづけてる。

私だけで配信するにしてもただしゃべってるだけじゃ盛り上がらないから、生配信で『カワイイ』を紹介することにした。

始めてみると自分でも驚くくらい好評だった。


みんなにビーバーみたいでカワイイと褒められた前歯。それが最近とてもイヤ。

きっかけはパパの一言。

「ユキさ。口閉じてないとパパみたいに『ボケーッとするな』って言われちゃうぞ」

私はいつも、口を閉じてるつもりだったのに。

パパの一言から、急に前歯が気になりだした。よく考えたら、すごく出っ歯。横から見るともっとひどくて、前歯が斜めに突き出てる。かわいくない。

気づいちゃってからは、もうダメだった。イヤでイヤで……。

だからパパとママにお願いして矯正器で出っ歯を治すことにした。

取り外しできないタイプだから、治療が終わるまでは矯正器を外せない。ガチャガチャしててグロい。これ見られるの……恥ずかしい。

私は、マスクで口元を隠すことにした。以来、家族以外のまえではマスクが外せなくなった。

「前歯、自分でも好きだったんじゃないの？」ジュリちゃんがあらためて聞いてくる。

「好きだったけど……なんか、かわいくないんだもん」エスカレーター脇の三人掛けソファーがあいていたので、私たちはそこに座って休憩していた。

「思春期だねぇ」

「矯正器もイヤなの？」マリちゃんも聞いてきた。

「イヤ」決まってるじゃん。グロいもん。

「えー、カワイイって、メカっぽいし」

「マリちゃん！」メカとか言わないで！

「ま、ある日突然、自分の容姿がイヤになるの、ちょっとわかるけどね」

「ジュリちゃんもそういうことあったの？」

「マリちゃんにもきっとくるよ。『背ちっちゃいのヤダ〜』とか」

「えー、ヤダなぁそれ」

ジュリちゃんとマリちゃんの会話は止まることなくつづいてたけど、私はなんとなく輪に入る気分になれなくて。視線をちょっと遠くに送った。今日もひとが多いな。

「……あ」

ソファーの斜め向かい、洋服屋さんの前を通過していくおじーちゃんおばーちゃんたちの集団。その一番後ろに、あのヘッドホンの男の子。あのときと同じ服装だ。

「あれ、あのひと……！」「このまえの……！」ジュリちゃんとマリちゃんも気づいたみたい。なぜか私の背中側に密着して隠れるようにこそこそしだした。

あのひとはうつむいて立ち止まり、手元のなにかをじっと見た。なんか、難しそうな顔して。あ、スマホの画面見てるんだ。

おじーちゃんおばーちゃんたちの集団はあのひとが立ち止まったのに気づかずに、先に進んでいった。

「ん？」ジュリちゃんとマリちゃんが同時に声を出した。あのひとの前にキレイな黒髪ロングの女性がやってきて、立ち止まった。あのひとも気づいて、なにか話してる。

「んん～？」ジュリちゃんとマリちゃんが背中越しに前のめりになって、私はちょっと押し出された。

「年上好きかよー」なぜか残念そうなふたり。たしかにあのひとは年上に見える。……30歳くらいかな。

「コミュ障っぽかったのに、彼女持ちか」え？　あれ彼女なの？

「姉弟《きょうだい》かもよ？」

「いや顔ぜんぜん似てないし」

ふたりとも私の背中に隠れながら盛り上がってるけど、私は、前歯を見られちゃったときのことを思い出してた。

……きょうせいき、すごく小さい声だったけど、ぜったいそう言ってた。

ふとマスクのあたりになにかあたってると思ったら、自分の指がマスク越しに口にふれてた。

顔をあげてみると、あのひとは黒髪ロングさんと歩き出したあとだった。

私は、ソファーから立ち上がってあのひとを追っていた。

あのひとと黒髪ロングさん、あとおじーちゃんおばーちゃんたちはメイン通路の両方をむすぶ広めの橋みたいなところに集まってた。

あのひととおじーちゃんおばーちゃんたちは長ソファーに座って、黒髪ロングさんはひとりで向かい側に立ってなにか話してる。

私たち三人は、その様子を吹き抜けの手すりの壁に隠れながら見ていた。ガラスの壁だから丸見えだけど……。でも気づかれてない。

「ではギンコウをしてできた句を発表していきましょう」と黒髪ロングさん。ギンコウってなに？　銀行？

「さきほどお渡しした短冊に、句を書いて下さいね。今回の読み役は、私が務めさせていただきます」

「みゆき先生。名前は書かなくていいのかな？」とテンガロンハットのおじーちゃんが聞く。黒髪ロングさんの名前、みゆきっていうんだ。先生……ってなんの先生なんだろ？

「あとでヒダマリに飾るので名前もお願いします」とみゆき先生。ヒダマリ？

ベンチに座っているひとたちが、短冊になにやら書き始めた。——あのひとも書いてる。

「はい、では書けた方から回収していきます」みゆき先生がベンチの方へ歩いていって、短冊を回収していく。

最後に手渡したのは、あのひとだった。うつむいてて、なんか楽しくなさそう。

「はい、では読んでいきたいと思います」みゆき先生はもといた場所にもどって、あらためてみんなを見渡した。私の位置からだとみゆき先生の背中しか見えないけど、手元を動かして……短冊を胸の前あたりに構えた。

「マネキンが、浴衣《ゆかた》をまとう、モールかな。マネキンが、浴衣をまとう、モールかな……」これ……短歌とか俳句的な？

「国語の先生？」ってマリちゃんが小声で言った。「学校じゃないし」とジュリちゃん。

「店先に飾られているマネキンが浴衣をまとうことで、ああ、もうすっかり夏なんだな、と、季節を感じられますね。——こちらは、佐々木さんの作品です」

さっきのテンガロンハットのおじーちゃんが照れたようにほほをかき、まわりのひとたちが笑顔で拍手をした。

「つづいていきますね」と、みゆき先生の動きが止まった。持ち替えた短冊をじっと眺めてる。しばらくして顔をあげて「チェリーさん」とあのひとを見て言った。あのひとはすこしハッとした感じでみゆき先生を見た。

——チェリーさん。あだ名かな。

「ちょっとこちらに、いいですか？」

「……はい」小さな声で返事したあのひと——チェリーさんは、ゆっくり立ち上がってみゆき先生のもとへ歩き出した。

みゆき先生はやってきたチェリーさんに、短冊の一枚を差し出した。受け取ったチェリーさんは「これ……僕の……」とつぶやいた。なんだか、困惑気味？

「読み役、お願いします」

「ぅえっ⁉」

「駄目、ですか？」

「いやっ、その……。人前で読むとか、ちょっと……。スタイルじゃない、っていうか……」

みゆき先生のお願いに、チェリーさんはわかりやすく動揺してる。

「みんな、聞きたがってますよ」みゆき先生がベンチの方を見る。おじーちゃんおばーちゃんたちが笑顔でうなずく。

そのとき、チェリーさんの横顔にすごくわかりやすい変化が起きた。

さくらんぼ——チェリーみたいに、肌が真っ赤に染まった。さっきよりも動揺が強まって見えて、うつむいたり、大きく息を吸ったり、手元の短冊を凝視したり、落ち着きがない。赤くなってるのは顔だけじゃなくて、からだ全体。チェリーさんが着てるピンク色のポロシャツの袖《そで》から見える腕も、真っ赤だった。

「チェリーさんの素敵な声で、みなさんに聞かせてあげてください」みゆき先生がそう言うと、チェリーさんは決心したのか、おじーちゃんおばーちゃんたちの正面を向いて短冊を構えた。表情が見えづらくなっちゃったけど、耳が真っ赤なのはわかる。

……ヤバい、なんか見てる私が緊張してきた。

チェリーさんは肩を小刻みに震わせて短冊を構えてるけど、なかなか読み始めない。

「……ショ」え？　ショ？　なんか言ったけど、ちゃんと聞こえない。

「……ショッ……ール……ゆう……に……とけ……」

「はぁ～？」とおじーちゃんおばーちゃんたちが耳に手をあてた。

「チェリーさん、もうすこし大きい声で……」みゆき先生がお願いすると、チェリーさんはからだを思いっきり反らせて息を吸い、プハァーと大きく吐いた。また短冊を構える。さっきよりも大きく肩が震えてる。すっごい力んじゃってるのが、ここから見てもわかる。

しばらくシーンとした時間が流れたあと、「ショッピングモールゆうやけにとけていく！」かなり早口でチェリーさんが言った。

おじーちゃんおばーちゃんたちは、顔を見合わせたあと、笑顔になってチェリーさんに拍手をした。

チェリーさんは相変わらず肩を震わせてたけど、肌の色は、いつの間にか普通にもどってた。気のせいかもだけど、なんか背中から、『怒ってます』って感情がにじみでてるみたいな……。

「ありがとうございました」とみゆき先生が優しく声をかけてた。ちらっと見えた横顔は『無理をさせてごめんなさい』と語って見えた。

チェリーさんはみゆき先生と目を合わせないまま短冊を返して、もといた席までもどっていった。と、途中で立ち止まって「……俳句って」と小さく、でもなんだか主張の強い雰囲気で声に出した。

まわりのひとたちも、私も、チェリーさんの言葉に耳を傾けた。

「……俳句って文字の芸術なのに。……声に出して読まなくても」そう言いながらチェリーさんは、首にかけてあったヘッドホンを、耳にかけた。

重い空気が流れる。

「……そうですね」みゆき先生が優しく言った。「でも、声に出して初めて伝わる情景も、あると思いませんか？」

ハッとした。声に出して初めて伝わる情景……。私はリスナーの《声》を聞いたわけじゃない。文字だけを読んで、リスナーの気持ちをわかった気でいる。でももし、読み違えてたら？

チェリーさんの口元が小さく動いた。なにかしゃべったっぽいけど、距離が離れて、聞き取れなかった。

「蟬声や！　マスク外せぬ少女にも！」

チェリーさんのそばにいたたんぽぽ頭のおじーちゃんが急に大声を出したので、まわりのひとたちは超ビックリしてのけぞった。

……あれ、あのおじーちゃん、こっち見てる？

「……蟬声や、マスク外せぬ、少女にも……」と言いながら、そのおじーちゃんはゆっくりとこちらを指さした。つられて、チェリーさんたちもこちらを見る。

ヤバッ！　のぞき見バレた！

私だけじゃなくてジュリちゃんもマリちゃんもテンパっちゃって、立ったり座ったりガラスに隠れたり（隠れてない！）したけど、観念して「ごめんなさい……」と三人で謝った。

その日の夕方。なぜかチェリーさんといっしょに帰ることになった。ジュリちゃんとマリちゃんは「先に帰ってるねっ」ってニヤニヤしながらいっちゃった。

男子とふたりきりで帰るなんて、普通だったら緊張しちゃう。いつも通ってるこの農道もなんだか別の世界みたい。ヘンに意識しているのが自分でもわかる。近くを歩くのもなんだしと思って、私は右側のわだちを歩いて、チェリーさんは低い草むらをはさんで左側のわだちを歩いてる。

でもチェリーさんが私よりもっと緊張してるのがわかるから、逆にフラットになれてる気もする。

だってさっきから声をかけてるの、私からばっかだし。そう、私には聞きたいことがあった。

私の前歯、やっぱり目立つ……？

「いっこ上なんですね、佐倉さん」

「そう……みたい、ですね」

チェリーさんの本名は佐倉さんだった。佐倉結以。サクラユイ。男子でユイって名前、ちょっと珍しい。さくらゆい。佐倉。サクラ。桜。……あっ。

「だからチェリーなんだ」

「え？」

「さくら。苗字《みょうじ》」

「あ、ああ……うん」

さくらんぼみたいに赤くなっちゃうから、チェリーなんだと思ってた。——もしかしたら、そっちのが正解なのかも。でも、あのモールでの様子を見たあとだと、それは聞いちゃいけないことだと思えた。

「かわいいかも、チェリーって」響きがカワイイ。チェリーさん、か……。

「チェリー……さん……。やっぱりチェリーくんかな。ね？」

チェリーくんは困ったような顔をするばっかで、なにも言わなかった。

そういえばずっとヘッドホンをつけたままだ。……私と話したくないのかな？

「さっきからなに聴いてるんですか？」

「え!?　いや別に……」ヘッドホンを耳から外して「実はなにも聴いてなくて」

え、そうなの？

「昔から大きい音、苦手で……ノイズキャンセラー的な……」

なるほど。

「……こうしてれば、ひとに話しかけられないで済むし……」

それってやっぱり、私と話したくないってこと？　そんな私の気持ちを察したのか、「あ、スマイルさんに話しかけられたくないとかじゃなくて……！」ってあわてたようにチェリーくんは謝ってくれた。

「話しかけられないで済むかぁ。……たしかに。頭イイ！」

本気で言ったつもりなんだけど、チェリーくんはさらに困惑しちゃったみたい。

でも、ヘッドホンをすれば話しかけられないで済むって感覚、ちょっとわかる。マスクしてたら出っ歯のことは触れられないし。風邪ひいたのかって思われるほうが多い。

「夏風邪？」

「えっ⁉」

頭のなかをのぞかれた気がしてビックリした。「いや、これはちょっと……！」あわてて否定したけど、ヘンに思われたかも！　……話題を変えたいな。

「てかチェリーくんのスマホ、なんで辞書がついてるの？」あ、思わずタメ口になっちゃった。

チェリーくんは「ああ、サ、イ、ジ、キ」とスマホを取り出した。私のと同じブランドで、ミントとバニラだけど《☆》がないスマホケース。だから間違えちゃったんだよね。

それにしても……「サイジキ……って？」

「俳句用の辞書、みたいな」

あ、すこし笑った。

「アプリ版もあるんだけど……本のほうが、なんかよくて」

チェリーくんはケースを開いて、なかに仕込まれてるそのサ、イ、ジ、キ、を、いとおしそうにさすった。俳句用の辞書。そんなのあるんだ。知らなかった。

……あれ？　チェリーくんは俳句の話題になったとたん、なんだか楽しそう。見えないバリアみたいなものが、スッと消えた気がした。

「好きなんだ？　俳句」

「……キュリオシティにも、アップしたり」

「わかるー!!」

「？」

「ネットのほうがみんな見てくれるって感じでしょ？」

リアルで何万人も同時につながれるなんて、フツウの女子高生の私にはフツウにあり得ない世界。それがスマホひとつで実現してる。これってホントにすごいことだと思う。

「すっごいわかるし！」ホントにわかる、キュリオシティにアップしたくなるの。

「誰が、見てるんだか……」

私のテンションとは裏腹に、チェリーくんの小さな声。スマホを見つめて暗い顔。見えないバリアが、いつの間にか復活してた。

「俳句、すぐに思い浮かぶの？」バリア越しに、私は聞いてみた。

「調子良いときは……」

「すごーい」

よかった。機嫌は損ねてないみたい。安心して気がゆるんだのか「じゃあ作ってみて」って気軽に聞いちゃってた。

えっ!?　って驚いたチェリーくんの顔をみて、マズッた！　と思った。

「あ！　ごめん、ずうずうしかったかも」チェリーくんが立ち止まったので、私がちょっと先をいく感じになったけど、振り返るように私も立ち止まった。ちょうど、用水路の小さな橋のところだった。

私もたまに『スマイル・フォー・ミーのポーズやってほしい』って、配信中いきなりお願いされることがある。そんなとき、私はいつも困っちゃう。だって、あれは配信スタートのときにやるって決めてるんだもん。いつでもやるわけじゃないのに。それをわかってもらえないとき、私はなんだかビミョーな気持ちになる。

チェリーくんも困った顔をしてた。というより、眉毛《まゆげ》が逆八の字になってて、もしかしたら今度こそ怒らせたかも。

チェリーくんはすこしうつむいて、なにか考えてるみたいだった。怒ってるように見えるけど、でも、自分の世界に入ってるようにも。

その、チェリーくんの逆八の字の眉毛が、ふっと優しいカーブになった。瞬間、バリアが、また消えた気がした。チェリーくんはゆっくり顔を上げて、こちらを見た。けど、なんか……視線が私を通り越して、もっと遠くのなにかを見てるような……。

チェリーくんはしばらくなにかを見つめたあと、またすこしうつむいてゆっくり目を閉じた。

「ゆうぐれの……フライングめく……なつともし……」

小さな声。でも、ハッキリと聞こえた。五七五のリズム。これは私にもちゃんとわかる。

これ、俳句だ。

チェリーくんがいま作ってくれた。すごい。ホントにすぐ作れちゃうんだ。なんだか感動してしまった。でもひとつ、わからない。

「なつともし、ってなに?」聞いたことない言葉だった。俳句用の言葉?

「あ、灯《あか》りのこと。……夏の季語」

そう言ってチェリーくんは私の背中側、田んぼの奥にある幹線道路の方を指さした。振り返って見てみると、等間隔に並んだ街灯にあかりが灯《とも》ってた。

いまは夕方だけど、まだそんなに暗くない。明るい空なのに街灯が点《つ》いてて、いまから夜になりますよ、って合図にも見えた。

いつもはぜんぜん気に留めなかったけど、こうして見てみると不思議な光景だな。

「夕暮れの、フライングめく、夏灯《なつともし》……」私はチェリーくんの俳句を声に出してみた。

――なんだろう。俳句って古いイメージがあったけど、これはなんだか……、

「……カワイイ」

あかりの灯った街灯を見つめながら、素直に感じた思いがそのまま声になっていた。

「カワイイと思う。チェリーくんの俳句」

振り向いてみると、チェリーくんはモールで見たのと同じように、さくらんぼみたいに赤くなってた。不思議そうに私を見つめてる。今度は、ハッキリと視線を感じた。

真っ赤に染まったチェリーくんの肌が、だんだんもとの色にもどっていった。私を見つめながらゆっくり近づいてくる。耳にかけてるヘッドホンを、外しながら。

「……どこが？」

チェリーくんの声は、すごく真剣だった。

だから私も真剣に考えてみた。直感でカワイイって思ったけど、私はこの俳句のなにをカワイイって感じたんだろう？

「……フライング……めく？　ってとこか」めくって語感がなんかカワイイ。って思って言ったんだけど、チェリーくんはピンときてないみたい。不思議そうに私を見るまなざしには、ぜんぜん変化がなかった。

チェリーくんは「めく……」と小さくつぶやた。その意味を、一生懸命考えてるようだった。

あ、わかった。いまのチェリーくんのめくを聞いてカンペキにわかったよ。私はこれを、カワイイと感じたんだ。

「……声」

「？」

俳句のかわいさじゃないかもしれないけど、ちゃんと答えになってないかもしれないけど、でも私は、自信を持ってチェリーくんに告げた。

私のカワイイは、ゼッタイ的な自信があるんだ。

「カワイイと思う。チェリーくんの声！」

向日葵《ひまわり》や「可愛い」の意を辞書に聞く

カワイイって、どういう意味だよ。

夜、僕はベッドにあおむけに寝そべって、スマイルさんの言葉の意味を考えていた。

かわいい。可愛い。カワイイ。良い意味……だよな？　カワイイって。

「……フライング……めく？　ってとことか」

『めく』がカワイイ……どういうこと？　語感？　――俳句が『カワイイ』って思える感性、ちょっとすごい。僕には無い。かっこいいとか洗練されてると感じることはあるけど、カワイイって……。

天井をボーッと見つめる。僕の団地はリノベーションがされていて、天井には防火性の白い布がすこしだけたわむように張られている。

白い天井に向けて、右手の人差し指をのばす。天井に書くイメージで、『めく』と指をすべらせていく。指の軌跡は全体的に丸いカーブを描いた。○の印象。柔らかいイメージ。『めく』って文字、かわいく見えないこともないか。でもスマイルさんは文字を見たんじゃなくて、僕が句を読んだ声を聞いたわけだし。

——声。

「カワイイと思う。チェリーくんの声！」

ドキッとした。自分の声がカワイイなんて、思ったことない。一度も。

カワイイ声……。それってむしろスマイルさんのほうでしょ。

スマイルさんの声は、マスクをしていてもくぐもることなく透明で澄んだ印象だった。ちょっと高くて、たまに転がるような言い方になるけど、言葉ひとつひとつがはっきり耳まで届いてくる、みたいな。

「夕暮れの、フライングめく、夏灯……」部屋でひとり呟《つぶや》く。自分の声を自分で聞いても、カワイイのかよくわからない。

人気キュリオスってことは、スマイルさんは人前で話すの得意なんだろうな。僕とは正反対。スマイルさんはきっと、人前で句を読んでも失敗しない。

——今日の句会、最悪だった。

吟行で作った句の出来もあんま良くなかったけど、みゆき先生、自分で読めとかマジで無茶ぶりだって……。

僕は、極度に緊張すると肌が真っ赤になってしまう。昔からそう。それに気づいたのは小学三年生、クラス対抗合唱コンクールでの写真を見たときだ。

くじ引きで指揮者を任された僕は、クラスメイトや観客の視線を意識しすぎて、人生で一番緊張していた。コンクールでの自分がどうだったかはほとんど記憶が飛んじゃってるんだけど、写真って、自分じゃ見えない本当の姿をむき出しにするパワーがあると思う。ステージ横から撮られた僕の横顔は、ゆでだこと呼ぶしかないほど、真っ赤だった。指揮する姿もぎこちなくて、なんか、操り人形感がすごかった。

友達も先生も赤面のことを言ってはこなかったけど、気を遣われたんだ、きっと。思えば、僕が会話を嫌いになったのはこのころからだった気がする。恥ずかしい姿を見られたくないって気持ちが、無意識にコミュニケーションを遠ざけたのかもしれない。

僕だって、こんな自分はイヤだって思う。克服できるなら、したい。だからみゆき先生の無茶ぶりにも応《こた》えてみたわけだけど……。

――みんなを前にして、体全体が熱っぽくなっていく。肩にめちゃくちゃ力が入っているのが自分でもわかった。じっとにらめっこ状態の短冊が小刻みに震えてる。短冊を持つ手が、真っ赤に染まってる。

ふと視線を感じて顔をあげたら、フジヤマさんと目が合った。いつもみたいに表情は変わっていなかったけど、その目は「読んでみせろ」と言いたげだった。

短冊に自分で書いた文字、頭のなかなら簡単に再生できるのに、声に出そうとすると喉《のど》にふたをされたような感覚に支配されて、うまくしゃべれない。とぎれとぎれで言葉を発してもみんなにはぜんぜん届かない。力業《ちからわざ》で声を出したら、早口すぎたっぽくて、なんて言ったのか理解できてない様子だった。

そのあと、みんなに笑顔で拍手されたのが、余計にキツかった。

結局失敗した。

みゆき先生、なんでいきなり読み役をふってきたんだろ。……わからない。文字ばっかにこだわってるのが、気になってたとか？

俳句を作ること、作品を生み出すのは本当に楽しいし、好きだ。切り取った言葉とか意外な組み合わせが新しい景色を生み出すのが楽しくて仕方ない。

でも僕はそこに、『声に出して表現するよろこび』を感じない。

言葉＝文字。これが本質じゃないの？

作品をひとに見てもらうのは恥ずかしさもあるけど、キュリオシティみたいに顔が見えない状態ならむしろぜんぜん大丈夫で。ビーバーのタギングもホント恥ずかしいけど、アイツにタギング消せって言おうとしない時点で——こころのどこかでうれしく思っている自分も、いるんだと思う。

「声に出して初めて伝わる情景も、あると思いませんか？」みゆき先生はそう言ってたけどさ、

「伝われよ。……声に出さなくったって」

感じ取れよ。察しろよ。文字にすればわかるだろ。こうやってさ。

僕はかたわらに置いていたスマホを手に取って、キュリオシティにコメントした。

チェリー@俳句垢
夕暮れの
フライングめく
夏灯
#俳句

これで充分だよ、僕には。

スマホを置いて、僕はベッドから起き上がった。あらためて部屋のなかを見渡して

みる。

押し入れの下段に半分突っ込まれた状態のベッド。僕が寝ると脛《すね》あたりから先が押し入れのなかに入る。上段には洋服と衣装ケース、使わなくなった文房具もある。勉強机は部屋の出入口の壁沿いに設置してて、勉強道具よりも俳句の本とかのが多い。この机はお父さんがＤＩＹで作ってくれた。机の横にあるカラーボックスには月刊『俳句』のバックナンバーが無理やり詰め込んである。机の上の本棚は、一応勉強用の本。本棚の上には昔好きだったヒーロー物のフィギュアとかだるまとかスニーカーの空箱とか。ベッドの脇にあるサイドテーブルには目覚まし時計とか。その上に、ちょっと渋めの俳句カレンダー。……けっこう物が多いな、あらためてそう思った。

よし、はじめよう。

僕はベランダの窓に立てかけていた引っ越し用の段ボールを手に取った。

物を段ボールに詰めていると、玄関から「ただいまー」と小さく声がした。時計を見ると19時ちょっと前。お父さん、今日は早いな。「おかえりー」とダイニングからお母さんの大きな声があとにつづいた。

僕は荷造りの済んだ段ボールを抱えて部屋を出た。玄関は僕の部屋のすぐ前で、お父さんはゆっくりした手つきで革靴の紐《ひも》をほどいていた。

「お父さん、この荷物、あっちの部屋に置いといていい？」あっちの部屋っていうのは、お父さんの書斎、兼物置き。

「え？　ああ、いいけど」

お父さんの返事にうなずいて、書斎の方へ向かうと「はやくないか、準備？　引っ越し来月だぞ」と言われた。

「どーせ直前になってバタバタするんだから、いまのうちから進めといたほうがいいのー」お父さんは僕に聞いたのに、お母さんが答えたからそのまま預けることにした。

「まあそうだけど。——腰は？　もう大丈夫なの」

「んー、まだちょっとー」

「無理しないでよ。家事とか手伝うから」

「たすかるー。朝ごはんとか作ってほしい」

「料理は無理だって」

「手伝うって言ったじゃん」

「掃除とか、買い出しとか」

「それもたすかるけど」広くない団地だから、基本的に会話は筒抜け。

部屋にもどるときに「結以ー、もうすぐご飯できるよー」とお母さんが言った。僕は「んー」と返事して、また部屋にもどった。

「入るぞー」片づけを進めているとお父さんが僕の部屋にやってきた。構わず僕は作業を進める。

「この歳時記、使いやすいだろ」お父さんがベッドに腰かけて、置いたままにしていたスマホを見て言った。「これ、お父さんのだからな。大事に使えよ」

「わかってるって」本棚の上からスニーカーの空箱をおろして中身を確認する。友達から届いた年賀状とか昔集めてたシールとか。そのまま段ボールに詰めていく。

「結以は引っ越し、嫌じゃないのか？」

「え？」思わぬ質問に僕は手を止めてお父さんを見た。缶ビールを片手にお父さんは部屋のなかを見まわして言った。「どんどん片づけ、進めてるから」

引っ越しが嫌……か。

「……どこでも変わらないし、スマホあれば」僕は嘘無くフラットに答えて、片づけを再開した。

「そうか。――お母さんのパート、代わりにいってくれてありがとな」

「んー」

「お前もぎっくり腰、気をつけろよ」

「んー」

「飯だぞ」

「ん」

お父さんはそう言うなり部屋を出ていった。僕も作業をやめて、あとにつづいた。

陽だまりのバイトは、お母さんの代打だった。

お母さんも引っ越しの準備をはやめに進めていたんだけど、それでぎっくり腰になっちゃって。代わりの人員を探すのがけっこう大変らしくて、部活とかやってない僕が急遽《きゅうきょ》代打で入ることになった。

接客業とかと違って老人相手だし、楽かなって思って、僕は引き受けることにした。


「お母さんさ……」僕の声に向かいの席で夕飯を食べていたお母さんが「なに?」という顔でこちらを見た。僕はというと、今日のおかずのゴーヤチャンプルーに箸《はし》をのばして、ひとくち。……苦い。

「マジでやめて。……いいねつけるの」僕のコメントにいいねつけるの、お母さんだけなのが逆に恥ずかしい。だったらいっそのことゼロのほうが――。

「えー、なんでよ」お母さんが箸を置いた。「私くらいでしょ？　いいねくれるのー」満面の笑みでピース。……いやそれが恥ずかしいんだって。

――ピロン。ダイニングテーブルに置いていた僕のスマホに通知音。

箸を置いて画面を確認した僕は、あまりの驚きに思わず立ち上がってしまった。そのままダイニングを飛び出して、途中で冷蔵庫とかラックにぶつかりながらも自分の部屋に駆け込んだ。「スマホ、食事中はやめなさい」ってお父さんの声が向こうから聞こえる。でも――。


【CURIOSITY】

スマイルさんがあなたのコメントにいいねしました

「スマイル……」

このスマイルって、あのスマイルさん、だよね……？　いやでも珍しいアカウント名じゃないし……でもさ、このタイミングでスマイルさんが、って、これぜったい――。　え⁉　なにこれ⁉

頭の整理がつかないうちに《スマイルさんがあなたのコメントにいいねしました》の通知バーが出ては消えて、また出ては消えて。

キュリオシティを立ち上げると、僕がいままでコメントしてきた俳句に《スマイル》というアカウントからいいねがついていた。そのアカウントをタップして、プロフィールを見てみる。

Smile for me!!
オレンジ・サンシャインのスマイルだよっ！
Curioliveやってます。ぜひ見てね！
フォロー：532　フォロワー：168391

オレンジ・サンシャイン……ジャパンが言ってたやつ。やっぱりあのスマイルさんだ。僕の句にいいねいっぱいくれたけど……これって、フォローしてくれ……ってこと？

プロフィール画面の右横にある《フォローする》のボタン。人差し指をゆっくり近づける。……けど、止まる。どうしよう、僕の勘違いとかだったら恥ずかしすぎる。

いやでも、キュリオシティでフォローするくらい普通のことだし……！

僕はそのまま勢いよく《フォローする》のボタンを押した。

押したぞ……押しちゃった！

と、またも通知。


【CURIOSITY】

スマイルさんがあなたをフォローしました

ウソ……！

自分のフォロワー数を確認すると、ひとり増えて、五人になってる。ジャパン、ビーバー、まりあ☆、俳句BOT、……スマイル。マジでフォローされてる。ってかフォローバックはやすぎない？

スマイルさんのアイコン、わかりやすい。笑顔の顔文字みたいに満面の笑みのイラスト。舌がペロッと出てるとこが、

「カワイイ……」あ、思わず声に出た。

「カワイイと思う。チェリーくんの声！」

スマイルさんの声がまた頭のなかに響く。――めずらしくもない、特別でもない、よくある言葉のつらなり。のはずなのに、何度も思い返したくなる。

かわいい、可愛い、……カワイイ、声。もっと、聞きたい。

気づいたときには、フリック入力し終わっていた。

キュリオシティに、瞬間ひらめいた句を、コメントする。

チェリー@俳句垢
聞きづらい
声の持ち主
夏探し
#俳句

タイムラインに表示された新作。うん。けっこういいかも。

――あ、また。

画面に表示された通知バーを見て、僕は思わず笑ってしまった。ほんと、はやすぎない？

【CURIOSITY】
スマイルさんがあなたのコメントにいいねしました

　巨大なモールのなかに全部そろっていた僕の日常は、スマイルさんと出会って、すこしずつだけど変化していった。

　いつもモールへ向かうときにショートカットで通っていた農道は、スマイルさんの家の田んぼなのだと教えてもらった。

　約束したわけじゃないけど、陽だまりのバイト終わりでたまにスマイルさんといっしょになったときは、ふたりで農道を通って帰った。僕が見るスマイルさんは、いつでもマスクをしていた。どんなに暑くても。

チェリー@俳句垢
日盛《ひざか》りを
まるで気にせぬ
君がいた
#俳句

バイトの休憩中、僕は加藤書店で時間をつぶすことが多かった。その日もいつものように文芸コーナーへ向かうと、偶然スマイルさんが先にきていて。よく見るとスマホでなにかを撮影しながらしゃべっていた。

「これみんな知ってるー？　サイジキっていうの。私最近教えてもらったんだー。俳句の辞書みたいなのだよ。——えぇ？　カワイイって！」

チェリー@俳句垢
向日葵《ひまわり》や
「可愛い」の意を
辞書に聞く

＃俳句

キュリオ・ライブの配信も、見てみた。ジャパンが言ってたとおりすごい人気だった。開始して10分もたたないうちに閲覧者数は五万人を超えて、コメントやいいねの数も数万はあたりまえ。

僕は僕で、自分のフォロワー数やいいねの少なさを考えると、卑屈にもなった。

スマイルさんは配信中も必ずマスクをしていた。リスナーも気にかけているのか、コメントでマスクのことを言うひともいたけど、スマイルさんはそれについてはぜんぜん反応しなかった。

僕はチャンネル登録をして、配信が始まると通知がくるように設定した。

チェリー＠俳句垢
明易《あきやす》し
僕の言葉が
かわいいか
＃俳句

次のモール吟行でもばったりスマイルさんに会った。スマイルさんはその日も、マスク姿だった。

スマイルさんは姉妹といっしょだった。あのビデオ電話で映っていたメガネのひととお団子頭のひと。メガネのほうがお姉さんのジュリさんで、お団子のほうが妹のマリさんだと紹介された。

三姉妹はコミュ力がめちゃくちゃ高くて、陽だまりのひとたちともすぐに打ち解けていた。みんながスマイルさんたちをそのまま陽だまりに招待したんだけど、三人ともノリノリでついてきたのには正直驚いた。

当然の流れというか、ナミさん、あき子さん、田中さんも大歓迎で、三姉妹はみんなに気に入られたようだった。

その日以来、スマイルさんはたまに陽だまりに遊びにくるようになった。そのおかげで、僕はより自然に……スマイルさんといっしょに帰ることができるようになった。

チェリー@俳句垢
夏風邪か
笑顔を隠す
そのマスク
#俳句

ジャパンに教えてもらったけど、スマイルさんは小さいころからキュリオ・ライブをやっていて、大きな出っ歯がビーバーみたいでカワイイと人気だったらしい。

スマイルさんは、モールで初めて会ったとき、矯正器をしていた。

それからずっと、僕がスマイルさんに会うときはいつもマスク姿。

マスク、出っ歯、矯正器。――スマイルさんは、人気だった出っ歯を治療中で、それを知られたくない、見られたくない。きっとこういうことだと思う。

あのとき「矯正器……」とつぶやいてしまったことを後悔した。あんなに恥ずかしがって逃げていくなんて、相当なコンプレックスなんだ、きっと。

チャームポイントってやつだと思うんだけど、本人としてはイヤなのかな？

でも、それは聞いちゃいけないような気がした。

チェリー＠俳句垢
青葉闇《あおばやみ》
理由を知りたいだけなんだ
＃俳句

気づいていた。

最近の僕の句は、全部スマイルさんに影響されたものばかりだってこと。

スマイルさんを自然と目で追ってしまう。配信を見ていても、ヘッドホンから聞こえてくる声が心地いい。もっと声が聞きたくて、リアルでスマイルさんといるときはヘッドホンをおろすようにしていた。

いつの間にか、スマイルさんのことを『スマイル』って呼んでも、僕は恥ずかしくなくなっていた。

――気づいていた。

僕は、スマイルのことが好きだ。

スマイルを思うと、感情が湧き立つ。どんどん言葉が湧いてくる。

この感情を、僕は言葉で表現できるんだ。

チェリー@俳句垢
サイダーのように
言葉が湧き上がる
#俳句

部屋に飾ってある俳句カレンダー。七月の紙を破り取って、八月のカレンダーをあらわにする。

今日から八月。

あいかわらず猛暑はつづいていて、部屋のなかはエアコンが中途半端に効いている。

八月十七日（土）のところに書かれた文字を、そっと指で触れる。

《16時　引っ越し業者来る》

この日が引っ越し予定日。

部屋を見渡すと、僕の部屋はエアコンの効き具合と同じく、中途半端に片づいている状態。はやめに進めていた引っ越し準備がここ最近は手つかずのままだった。別に忙しいからじゃない。気持ちが、向かないだけ。

僕は机の上のスマホを手に取って、ヘッドホンは置いたままにして、生ぬるい部屋を出た。

玄関で靴を履いていると「そろそろだるま音頭の練習、始まるんじゃないの?」とダイニングの方からお母さんの声。

「今日から。スマホに曲入れてる」振り返るとお母さんはダイニングから顔を覗《のぞ》かせていた。「あ、CDじゃないんだ」

僕はうなずいて、玄関を出た。「がんばってねー」とお母さんの声が蒸し暑い団地の玄関に響いた。

毎年八月中旬、小田市では《小田山だるま祭》という地元民にはおなじみの夏祭りが開催される。会場となるのは、ヌーベルモールだ。

屋上駐車場がメイン会場になって、出店が並んだり櫓《やぐら》の周りでだるま音頭を踊ったり。僕が子供のころからずっとつづいている。

恒例なのが、田んぼからいくつも打ち上がる花火。一時間くらいつづくし、けっこう大きな花火も上がるので、それなりの規模の花火大会だ。これを目当てに近隣の街からも多くのひとが駆けつけるから、モールの屋上は観客でごった返す。


モールへつくと、ビーバーのタギングが書かれている立体看板の横に《第56回　小田山だるま祭まで　あと16日》と大きく書かれた立て看板が設置されていた。日時は日めくり式で、明日《あした》には《あと15日》になるんだろうな。

店内もすこしずつお祭りの準備が進み始めていて、吹き抜けに吊《つ》るされた垂れ幕なんかもお祭り仕様へと換装作業がされている。この日はモールの店舗にとってもかき入れ時なんだろう、通路に並んだ各店舗が独自の飾りつけの準備を進めていて、気合がうかがえる。

セントラルコートにつくと、お祭りの開催日を知らせる大きな垂れ幕が目に飛び込んできた。

《第56回　小田山だるま祭　八月十七日（土）　17：00開催》

今年の開催日は十七日。

だるま祭の開催日は夏休みに入るまえから発表されていたし、学校でも話題にあがっていたので知っていた。だからこの垂れ幕を見ても驚きはない。

でも、その日は……。


「今年もお祭りでだるま音頭を披露ですから、みなさんはりきっていきましょう」田中さんが踊りながらみんなに声をかけると、みんなも一斉に「はーい」と返事をした。

お母さんが言っていた通り、今日からだるま祭で披露する踊りの練習が始まった。

僕のスマホにつないだ備品の小型スピーカーからだるま音頭が流れる。

おじいちゃんおばあちゃんたちはイスに座ったまま踊り、向かい側に立った田中さんが振り付けの先生役で練習をリードする。みんなを見渡せる位置に並んでいっしょに踊るのは、ナミさん、僕、あき子さん、そしてマスク姿のスマイル。

スマイルはすっかり陽だまりになじんでいて、今日の練習にも参加していた。ジュリさんとマリさんも誘ったらしいけど、用事があるとかで、今日はスマイルだけがきていた。

あき子さんを挟んでスマイルといっしょに踊っている僕の意識は、だるま音頭よりもスマイルに向かっていて。

いっしょに踊るの、なんか――うれしい。だるま音頭の練習、楽しいな。

「まえから思ってたんだけど」あき子さんが踊りながら右横のスマイルに話しかけた。

「この曲、ダサすぎてヤバくない？」

「あ～、たしかに。なんか田舎くさいっていうか――」

だるま音頭は小田市民なら誰でも知っているメジャーな存在。なにしろ幼稚園のころからこの曲とこの踊りを教わるので、実は練習なんか必要ないほどみんなの体に染みついている。

この音頭がいつ作られたのか知らないけど、なぜか音頭とはほど遠いチープなピコピコ音で構成されている。

小田山たのし　田んぼがつづく♪
まわるドーナツ　青い空　あ、それやそれやそれや♪
おどるダルマが　弾んでころころりん♪
あ～　よいしょ～　こらしょ　どっこらしょ～♪

温泉うれし　浴衣《ゆかた》の夕べ♪
くるり円ばん　月も出る　あ、それやそれやそれや♪
うたうダルマが　まわってころころりん♪
あ～　よいしょ～　こらしょ　どっこらしょ～♪

「『くるり円ばん』ってなに？　ＵＦＯ？」あき子さん歌詞が疑問みたい。

「小田山にいっぱいくるとか？　……て、ナミさん⁉」

スマイルがマスク越しに大きな声をあげた。あき子さんも「えぇ～⁇」とつづく。

「この曲聴くとダメだわぁ～。いろいろ思い出すわぁ～」僕の横からナミさんの大きな泣き声。見てみると、こっちがドン引きするほど号泣している。だるま音頭を踊りながら……。

田中さんや老人たちもナミさんの異変に気づいて、いつの間にか踊りをやめていた。

「な、なにがあったんですか……？」スマイルが聞く。

「ピュアッピュアだったたわぁ～。ウチィ～」

だれも深くは突っ込まなかったけど、ナミさんはだるま音頭を聴くと、ピュアな想い出がよみがえるらしい。ほんと、なにがあったんですか……？

練習後、ナミさんはビックリするくらいいつものナミさんにもどっていて、バリバリと仕事をこなした。

スマイルはけっきょく僕のシフトが終わる17時まで陽だまりにいて、みんなとおしゃべりやゲームを楽しんでいた。

介助器具の整理をしていると、老人たちの輪のなかにいたスマイルがナミさんとあき子さんに声をかけられたのが見えた。

なに話してるんだろ。遠いから聞こえない。

気になってしまって、整理の手を止めて、僕はスマイルたちを見つめた。

ナミさんとあき子さんが手を胸の前でパチンと合わせてスマイルにお辞儀をした。

スマイルは困惑した様子で両手を振った。ナミさんとあき子さんは同時に顔をあげてスマイルの手を取り、なおも念を押すような感じで。

なにかお願いされてる……？　——あ。

スマイルがなにかを言ったらしくて、ナミさんとあき子さんがうれしそうに笑った。

スマイルの表情は……変わらずのまま。

マスクをしていても、困惑が伝わってきた。

「バイトに誘われたの」

「えっ？」

気になっていた会話の内容は、スマイルからすぐに知らされた。

僕たちはあのあといっしょに帰っていた。初めてのときと同じく、夕方の農道を、わだちをへだてて歩く。

「私、高校生だし、介護の資格とか持ってないんだけど」

「あ、介助の仕事は資格いらない……」

「そう。ナミさんに教えてもらって、そうなんだぁって。『チェリーも資格持ってないし。だから高校生でもOKなの』って」

僕はうなずいた。お母さんの代打を引き受けるときに資格の話は聞いていた。

「……どう、かな？」

スマイルの声が、小さくなった気がした。見ると、すこしうつむいてわだちを見つめながら歩いている。

なんだろう、いまの。なんかスマイルの様子が変わった気がする。……勘違いか？　いやでも――。

いっしょに陽だまりでバイトできるかもしれない。……三週後には引っ越しだろ。スマイルといっしょならフジヤマさんともっと俳句の話できるかな？　スマイルをだしに使うなんて……。

いろんな感情が瞬間的に湧いては消えた。スマイルを好きだと意識すればするほど、感情のチューニングは簡単に狂った。

「……うん」僕は小さな声でうなずいた。

中途半端な返事。ださい。かっこわるい。

「……そっか」スマイルも僕と同じくらい小さな声で言った。いつもはマスク越しでも澄んで聞こえるのに、いまの「そっか」は、本当にそう言ったのかもわからないくらい、小さかった。

わだちがゆっくりと後ろへ流れていく。うつむいていても、夕陽がまぶしい。

僕たちが農道を歩いていく音と、田んぼから聞こえるカエルの鳴き声だけが耳にまつわりついてくる。

スマイル、いまどんな表情してるかな?
スマイル、さっきなんで様子が変わったんだろう?
スマイル、チューニングが狂った僕の気持ちに……気づいてる?

青葉闇理由を知りたいだけなんだ

「バイトかぁ」

夕ご飯のあと、私は部屋にもどってベッドに寝そべり、ナミさんたちに誘われた陽だまりでのバイトのことを考えてた。バイトとか、いままでやったことないな。

キュリオ・ライブも、高校生って広告収入とかもらっちゃいけないらしくて、私もいわゆるアフィリエイト契約はしてない。

それにしても、家だとマスクしないでいいからホント快適。しゃべってもカサカサしないし耳も痛くならない。ホントは外に出るときも配信するときも、このままのほうがラクなのはわかってる。でも、マスク無しはやっぱ無理……。

最近よく会うチェリーくんとか陽だまりのみんなはマスクのことを聞いてはこないから助かってる。

私は抱き枕代わりの人形（のっぺりしたバク）をギュッと抱えてベッドの上をゴロ

ンと回転した。あおむけになったので天井が見える。コーン状に吊《っ》るされた薄紫色のレースのなかに入った状態で、ここから見る天井はちょっとだけファンタジー感があって好き。ロフトのマリちゃんがゲームで興奮すると、このレースが揺れたりする。

今日の帰り道、チェリーくんにバイトのこと話したけど、なんか反応が薄かったなぁ。私のバイトのこととか、興味ない？　チラッと見ても、チェリーくんうつむいたままだったし。いやチェリーくん下向いて歩いてること多いけど。

私の勘違いかもだけど、なんか最近（と言っても知り合ったの自体が最近だけど……）のチェリーくんは、出会ったばかりのころとは違ってる気がして。

私のこと、『さん』づけで呼んでたのに、最近は『スマイル』って呼んでくれる。私はその変化に気づいてた。けど、自然にふるまってた。

内心、うれしかった。

チェリーくんが私のことをスマイルと呼ぶようになってから（偶然だと思うけど）モールのなかでバッタリ会うことが多くなった。

――あれ？　よく考えたら、私がチェリーくんのこと見つけるほうが多いかな。だって私から駆け寄ってチェリーくんに声をかけてる場面ばっか思い出す。んー、そんなことないか。本屋さんで歳時記（ちゃんと漢字覚えた！）のこと配信してたときはチェリーくんから声かけてきたし。

陽だまりでもなんとなくチェリーくんの視線を感じる。——気がする。

チェリーくんはフジヤマのおじーちゃん（綿毛みたいな頭がカワイイ）とよくいっしょにいるけど、ふたりがいつも座ってるソファーの方を見ると、けっこうな確率でチェリーくんと目が合うし。……私じゃなくておじーちゃんかおばーちゃんのだれかを見てるとか？

でもさ、「私のこといつも見てる？」なんて聞けないでしょ！　意識しすぎって思われるし。

——最近の私は、よくこんな感じになっちゃう。

ほかのこと考えてたのにいつのまにかチェリーくんのこと考えてる、っていう。

ベッドの上を反対まわりにゴロンとしたら、ベッドと私に挟まれたバクの人形がぺっちゃんこになった。枕元に置いてたスマホを手に取って、うつぶせのままキュリオシティのアイコンをタップした。

タイムラインを見てみる。私がフォローしてるひとたちのコメントがけっこう更新されてる。——あ。

チェリー@俳句垢
夏山の匂い
さらってくれ
俺を
#俳句

チェリーくんの新しい俳句。それを見た私は思わず微笑んじゃってた。

チェリーくん、いつも自分のこと『僕』って言ってるのに、なんか『俺を』のところがらしくなくてカ、ワ、イ、イ、イ！

男の子って『僕』と『俺』を使い分けられるの、おもしろいな。

チェリーくんが「俺さ——」とか「俺の——」とか話しているのを想像すると、私の微笑みはどんどん大きくなっちゃって、最終的には肩が震えるくらい笑っちゃった。

ヤバい、チェリーくんカワイイ。

私はチェリーくんのコメントにいいねをつけて、そのままリプを入力して送った。

スマイル@オレンジ・サンシャイン

さらっちゃうぞー

チェリーくんのリプがすぐに届いて、私はまた笑っちゃって。

チェリー@俳句垢
よろしくおねがいします

スマイル@オレンジ・サンシャイン
どーゆーこと（笑）

急によそよそしいでしょ（笑）。でもなんかチェリーくんの表情が浮かんじゃう。

ちょっとキョドってる感じで——。

「ユキちゃん、どーしたの……？」

「怖いよなんか……」

共有テーブルで勉強してたジュリちゃんとマリちゃんが、じとーっとした目でこっちを見てた。

「さらってほしいんだって」私はそう答えたけど、ジュリちゃんもマリちゃんも「?」って顔だった。私はツボにはいっちゃって、笑いはおさまらなくて。

そのあと私たちは（そういえば初めて）DMで会話した。チェリーくんはリアルで話してるときよりもおしゃべりで、会話はどんどんつながって、気づいたらあっという間に一時間たってた。すっごく楽しかったなぁ。キュリオ・ライブでリスナーとやりとりするのとはちょっと違って、なんか、こう――ヒミツの会話?　って感じだった。

おやすみのあいさつをしてベッドから起きると、マリちゃんはいなくなってて共有テーブルにはジュリちゃんの勉強姿だけ。

「ジュリちゃん、去年バイトしてたじゃん?　モールで」

「受験あるから辞めちゃったけど。なんで?」

「バイトするときってパパとママに話した?」

「そりゃーもちろん。保護者のサインとか必要だし」

「じゃ、私も話してこよーっと!」

「今日から新しく仲間になってくれたぁ……」「スマイルちゃんでーす！」

「よろしくおねがいします！」

ナミさんとあき子さんに大きな声で紹介されて、私はそれに負けないくらい大きなお辞儀をした。チェリーくんや田中さん、おじーちゃんおばーちゃんたちが一斉に拍手をしてくれてうれしかった。

私は陽だまりでバイトを始めることにした。

遊びにくるわけじゃないからちょっと緊張しちゃうけど、みんな知ってるひとばかりだし、きっと大丈夫。

陽だまりのスタッフはみんな同じピンク色のポロシャツを着て、首から名札をさげる。名札にはナミさんが書いてくれた《スマイル♡》の文字。《♡》はちょっと恥ずかしいかなって思ったけど、キュリオ・ライブでいいねをもらったみたいでかわいくも感じたり。

私の仕事はチェリーくんと同じで、基本的にはナミさんたちのサポート。ナミさんたちが介助のお仕事中はおじーちゃんおばーちゃんたちとお話ししたりゲームしたりいっしょにテレビ見たり。

何日か陽だまりで働くうちに介助についてすこしずつ覚えていった。座ったままできる健康体操とかも覚えたし。今度ウチのおじーちゃんにも教えてあげる予定。

俳句のお散歩（ギンコウ＝吟行っていうらしい）にもいっしょにいったり。モールのなかをお散歩しながら題材を見つけてそれを俳句にするんだけど、私はぜんぜん作れなくて！　チェリーくん、あらためてすごいなって思った。

そういえばあの黒髪ロングのみゆきさんは、やっぱり俳句の先生だった。超美人で優しくて、大人な雰囲気がちょっとうらやましい。

吟行の途中で（そうじゃないときもあったけど）フジヤマのおじーちゃんがどっかにいっちゃうことが何回かあって、そんなときは私とチェリーくんで捜しにいった。「モールのなかにいること多いから、すぐ見つかる」ってチェリーくんが言ってたとおり、だいたいモール内で見つけられたんだけど、たまに外に出ちゃうときがあったり。このまえは屋上の駐車場だった。こんな暑いなか外にずっといるのは危ないって思ったけど、さいわいフジヤマのおじーちゃんの体調に異変はなかった。

とにかく、フジヤマのおじーちゃんがお散歩にいっちゃったときはなるべくはやく見つけることを心掛けるようにした。

レコードのことはナミさんに聞いた。いつも大事そうに抱えてる四角い板みたいなの、気になってたんだけど、あれはレコードジャケットなんだとそのとき知った。


バイトって最初はピンとこなかったけど、始めてみるとすごく楽しい。

ふつうはお金を稼ぐためにするんだと思う。でも私は陽だまりのひとたちと触れ合うことが心地よくて。キュリオ・ライブとは違って顔の見えるたくさんのひととのコミュニケーションとか色んな年齢のひととの関わり合いが、すごく新鮮だった。

なにより、チェリーくんとまえよりも仲良くなれたのがうれしい。

私たちはシフトがいっしょのときは必ずいっしょに帰った。私から言うでもなく、チェリーくんから言うでもなく、すごく、自然に。

「タフボーイさんこないですね」陽だまりのなかにかけられた時計の針は17時をちょっとすぎたあたりを指してたので、私はナミさんに言った。

いつもこのくらいの時間にフジヤマのおじーちゃんの孫のタフボーイさん（本名ってなんだろ？）がドカドカ入ってきて、あき子さんを見つけるとニヤニヤしたりひとりごとを言ったりしてキョドってるのがお決まりパターンで。むしろタフボーイさんがくると「もうすぐシフト終わりだ」ってタイマー代わりになってたんだけど、その日はなぜかやってこなかった。

「アイツ、あき子が早番のときはこねえの」ナミさんが呆《あき》れるように言った。「わかりやすすぎだろ、クソボーイ」

たしかにあき子さんは今日早番で、二時間くらいまえに「おつかれっしたー」って帰っていったっけ。

「フジヤマちゃん。今日は送迎車の日だね」ナミさんがソファーに座るフジヤマのおじーちゃんに優しく言った。「ほうほう」とフジヤマのおじーちゃんもうなずく。

「チェリーにスマイルさ、モールの裏に送迎車きてるはずだから、フジヤマちゃんヨロー」

「はい」私とチェリーくんはテーブルのふき掃除を手早く終わらせて、三人で従業員用の出入口に向かった。

私とチェリーくんはそのまま家に帰っていいと言われたので、タイムカードを押して、バイト着から私服に着替えた。


外に出ると、空は青とオレンジがグラデーションで混ざった感じだった。

バイトを始めて気づいたけど、モールのなかって窓がぜんぜん無いから時間経過がわかりづらい。チェリーくんに聞いてみたら「たしかに」って。……あんまそう感じてない？

外にはナミさんが言った通り、陽だまりの送迎車が私たちを待っていた。運転手さん（色んなデイサービスで送迎車の運転してるって）がドアを開けてくれて、私とフジヤマのおじーちゃんが後部座席に、チェリーくんが助手席に座って、ほかに送迎が必要なひとはいなかったので、私たちはそのままフジヤマのおじーちゃんの家へ向かうことになった。

運転手さんはとくに行先とかは聞かないで「じゃあ出ますねー」と車を発進させた。

車はモール近くの幹線道路を走っていった。窓外を、チェリーくんに教えてもらった夏灯が流れていく。

となりに座るフジヤマのおじーちゃんを見てみると、ひざの上に置いたレコードジャケットをじっと見つめていた。


「つきましたよー」運転手さんの声に顔をあげて外を見る。

――ここ、知ってる。ウチからちょっと歩いたところにある商店街だ。フジヤマのおじーちゃんの家、私の家と近かったんだ。

この距離なら歩いて帰れるので、運転手さんにはそのままひとりで陽だまりにもどってもらった。

車をおりたところには小さなプレハブっぽい平屋の建物があった。屋根の上には……山っぽい形の立て看板があって、

「フジヤマ……レコード？」

その看板には《FUJIYAMA　RECORD》と書かれていた。……レコードショップ、ってこと？

建物全体がけっこう古びた感じで、商店街のほかのお店もそうだけど、たぶんぜんぜんお客さんがきてないんじゃないかって想像できる雰囲気で。

フジヤマのおじーちゃんがゆっくりと歩き出して、お店の出入口っぽい引き戸のドアの前に立った。――ドアに《CLOSE》って書かれた札がかけられてて、フジヤマのおじーちゃんがそれを表裏ひっくり返した。札がドアの窓ガラスにあたってカランと響く。札の裏側は《OPEN》と書かれていた。

フジヤマのおじーちゃんは、ガタガタと引き戸を開けて、なかに入っていった。

あとについて私とチェリーくんもお店のなかに入った瞬間、独特の匂いが鼻をついた。――マスク越しでもわかる。ほこりと古い紙がまざったみたいな……これどこかで嗅《か》いだことあるんだけど、と感じていた私は、それがウチの農機具をしまう小屋の匂いだと気づいた。

フジヤマのおじーちゃんはお店の灯《あか》りをつけないまま奥へ歩いていって、カウンターのイスにちょこんと座った。暗いままの店内を私はゆっくり進んでいったんだけど、

「なにこれ……すごい」思わず声が出た。

……十畳くらいかな、小さなカフェをもうちょっと小さくしたくらいの広さで、壁沿いには私の背よりぜんぜん高いラックがびっしり設置されて、そのラックにはレコードジャケット（……だよね？）が、隙間なくぴったり収納されてる。

壁のラックだけでも圧倒されちゃうけど、お店の真ん中のスペースには長テーブルが三つ平行に並べられてて、テーブルとテーブルの間はひとがひとり通れるくらいの隙間しかない。その上にも段ボール詰めされたレコードジャケットがところ狭しと並べられてた。

入り口近くにはTシャツとかポスターとかもあるし、カウンターの横には……冷蔵庫っぽい四角の箱とか扇風機もあるにはあるんだけど、このお店は基本的にレ、レ、レコードの山って感じ。お店に充満してる独特の匂いは、この大量のレコードのせいだと思う。

ラックのレコードジャケットは背表紙が見えるように収納されてて――タイトル？が読めるようになってる。

《Moanin' In The Moonlight / Howlin' Wolf》

《NEU! / NEU!》

《Crazy Rhythms / The Feelies》

……ぜんぜん知らない、てかそもそも読めないいんだけど。外国のひとたち？

テーブルの上の段ボールのほうも見てみると、ちょっと小さいサイズのレコードジャケットがたくさんあった。レコードっていろんなサイズがあるんだなぁ。

いくつか手に取ってみたけど、

《Here Comes The Judge / Pigmeat Markham》
《Superrappin' / Grandmaster Flash & The Furious Five》

……やっぱり知らない。

チェリーくんを見てみると、テーブルの上のレコードジャケットをひとつ引き抜いてた。ジャケットの口に手を入れて中身を取り出すと、黒い円盤――レコードが出てきた。

「これ……ぜんぶレコード？」チェリーくんも圧倒されてるみたいだけど、「初めて入ったの？」私より陽だまりでバイトしてるの長いから、てっきり何回かここにきてるのかと思った。

「なかに入るのは」チェリーくんは段ボールにレコードをもどして言った。そっか、じゃあ圧倒されちゃうのも無理ないよね。

「このレコードが……一番、何度も聴いた」

薄暗い店内にフジヤマのおじーちゃんの声が響く。

カウンターに座ったまま、あのレコードジャケットを見つめてる。

「何度も……何度も……」とても寂しげな声。

私はチェリーくんのところへいって顔を見合わせた。チェリーくんもフジヤマのおじーちゃんの様子がいつもと違うと感じてるみたいで。

チェリーくんがゆっくりと歩き出す。私もそのあとにつづいた。

「もう一度……聴きたい」カウンターの前まできて、フジヤマのおじーちゃんが肩を震わせてるのがわかった。

「もう一度聴けば……思い出す……」

「……なにを?」私は目線を合わせようと思ってすこしかがみながら聞いた。

「忘れたくない……思い出せない……」会話が、かみ合わない。

声が震えてる。その声は私の胸をキュッとしめつけた。

一生懸命探してるレコード、それを聴けばなにか大切なことが思い出せるって信じてるんだ。

でも、どこにいったのかわからなくて、探しまわっても見つからなくて——。

「思い出せない……」

力なくうつむいた瞳《ひとみ》から、ポロポロと涙がこぼれ落ちた。

気づいたら、私はフジヤマのおじーちゃんのそばへ駆け寄って肩を抱き寄せてた。フジヤマのおじーちゃんがこちらを見ると、涙がまたひとつこぼれて、私も思わず泣きそうになった。

ゆっくりと差し出されたレコードジャケット。私は涙をこらえて「ありがとう」とそれを受け取った。

立ち上がって、そばにきたチェリーくんとそれを見てみる。こんなにしっかりと見るのは初めて。

手に持ってみるとその大きさに驚く。ノート二冊分くらいはありそうな、正方形の紙ジャケット。ピンクの地で、真ん中に手のひらくらいの白い円。それに沿ってアルファベットの文字。

「ヤマザクラ……」そこには大きく《YAMAZAKURA》と書かれていた。タイトル……？　ジャケットの角度を変えると、円に凹凸があるのがわかった。手で触れてみる。

「穴が空いてる」白い円は穴になってた。穴から見えてた白地はジャケットの裏地の色だった。

　レコードジャケットを裏返して反対側を見てみる。

「あ、カワイイ……」思わず声がもれちゃった。

　ジャケットの反対側は桜並木と……鉄塔？　がある場所の写真だったんだけど、私はそこに立ってる女のひとが気になって。

　たぶん20歳くらい。ふんわりとした長い髪、花柄のワンピースにハンチング帽。風が強く吹いてるっぽくて、ハンチング帽が飛ばないようにおさえてる。はにかんだ笑顔がすっごくカワイイ。桜吹雪といっしょになびいた花柄ワンピースもその笑顔に花を添えてる感じ。最近じゃあまり見ないファッション。このレコードもたぶん古いものだし、昔流行《はや》ってた服なのかな？

　——あとひとつ、気になる箇所。そのひとは口を開けて笑ってるんだけど、その口には、大きな白。

　そのひとは、出っ歯だった。でも、カワイイ……。

思わずジャケットを顔に近づけて、顕微鏡で覗《のぞ》くみたいにしっかりと見てしまった。

そこでふと、視線がジャケットの側面にいく。

すこしだけ、なにかがはみ出てる。小指くらいの幅の……紙？

私はそのはみ出た紙をつまんで、ジャケットから引き抜いた。

思ったよりも長くて、ジャケットとちょうど同じくらいの長さがあった。ジャケットの端っこが長方形に切り取られて短冊状になったみたいなペラペラの紙だった。

それは輪っかになってて、裏返すと裏面のジャケットの端っこが同じように印刷されてた。値段っぽい金額なんかも書いてある。

「なんだろ、これ？」と私はチェリーくんに手渡した。おまけかなにかかもしれないけど、私レコードとかぜんぜん詳しくないし。

「さよならは……」チェリーくんの小さな声。「いわぬものなり、さくらまう……」

言葉ひとつひとつをかみしめるように、チェリーくんは言った。なんのことかわからなかったけど、手渡した短冊を横から見直してわかった。短冊に縦書きで印刷された文章だ。そこには《さよならは言わぬものなりさくら舞う》って書いてあった。

「……俳句？」チェリーくんが読むのを聞いた感じが五七五のリズムだったのでそう思ったんだけど、チェリーくんは私の質問に答えないで、表情がさっきよりも険しくなってた。

「さよならは、言わぬものなり、さくら……舞う」さっきよりも小さな声。ひとりごとみたい。それを聞いた私は違和感を覚えちゃって。

――さくらのイントネーションがさっきと違う。

最初のさくらは《桜》、いまのさくらは、どっちかっていうと《佐倉》の感じで……。

チェリーくんの表情はあいかわらず険しくて、声をかけられる雰囲気じゃなかった。うつむいて、目を閉じて押し黙っちゃってる。初めていっしょに帰ったときに感じた見えないバリアを、チェリーくんはまとってた。

さっきのさくら、すごく気になる。でも、聞けない……。

狭いお店のなかに、ギュッと圧縮されたみたいな、息苦しい空気が充満した。私はチェリーくんが次に言う言葉を、じっと待った。

「……探すよ」

空気を一気に解放するみたいに、静かに、でも力強くチェリーくんが言った。顔をあげて、フジヤマのおじーちゃんに短冊を見せて、

「僕もフジヤマさんのレコード、探します！」

芯《しん》の通った、凜《りん》とした声だった。チェリーくんは自分の意思をハッキリ示すように、

フジヤマのおじーちゃんに宣言した。

隣で聞いていた私は、その声、その言葉ひとつひとつがすっごく胸に響いちゃって。からだのなかが熱くなってる。すごく、届いた、チェリーくんの意思。

私はレコードジャケットに写った女のひとを、あらためて見てみた。

出っ歯なんて気にしないって感じで、満面の笑み。

「……私も、聴かせてあげたい」自然に声が出てた。気持ちがすごくたかぶってる。

「思い出してほしい。フジヤマのおじーちゃんの、大切な想い出」ジャケットを胸の前にかかげながらフジヤマのおじーちゃんを見ると、涙がまだ涸《か》れない瞳で私を見返してくれた。瞳がちょっとだけ開いてて、フジヤマのおじーちゃんも私たちの意思を感じ取ってくれてるのかなって思う。

チェリーくんを見ると、バリアはどっかいっちゃってて、微笑んでた。

チェリーくん、優しいな。フジヤマのおじーちゃんのためにがんばるんだ。

私もいっしょにレコード探したい。チェリーくんといっしょにがんばる！

ドサッ！　っと大きな音が急に聞こえて、音のしたほうを見ると、その光景に血の気がサッと引いた。

フジヤマのおじーちゃんが、カウンターに倒れ込んでた。

「フジヤマのおじーちゃん！」すぐに駆け寄って肩を抱いたけど、返事がない。もしかしたら意識がないのかも。何度呼びかけても、フジヤマのおじーちゃんはぜんぜん反応してくれなくて。

「――お父さん！」

出入口のほうから叫び声が響く。見てみると、私のお母さんよりちょっと年上くらいの短髪の女性が駆け寄ってきていた。

その勢いに押されるように、私とチェリーくんはフジヤマのおじーちゃんからすこし離れた。

なんだか気が動転して、そのあと私とチェリーくんはそのひとが介抱するのをじっと見てるだけだった。

フジヤマのおじーちゃんの家は、お店の奥にあった。

あのあとフジヤマのおじーちゃんを家に運ぶのを私とチェリーくんは手伝った。救急車を呼んで診てもらってるあいだに、チェリーくんは陽だまりに電話して事情を説明した。「あとで田中さんとナミさんがこっちにくるって」チェリーくんは電話を切って、話の内容を教えてくれた。「そのまま帰って大丈夫だって」

そう言われたけど、救急隊が帰ったあとも、私とチェリーくんは気が気じゃなくて玄関の前でずっと待ってた。

しばらくすると看病を終えたのか、あの女性がやってきて「ふたりとも、ありがとね」と優しく微笑んでくれた。

そのひとはつばきさんと名乗った。フジヤマのおじーちゃんの娘さんらしい。エスニックな雰囲気の服と、おしゃれなメガネがすごく似合ってる。

「てことはタフボーイの、お母さん？」チェリーくんが聞くと、「そう」とうなずいた。「靖幸《やすゆき》、本当にタフボーイって呼ばれてるのねぇ」

「あの、フジヤマのおじーちゃんは……？」

「軽い熱中症だって。点滴打ってもらったんだけど、入院するほどじゃないから自宅で安静にしてってって」

「よかった……」とりあえずフジヤマのおじーちゃんは無事なんだ。

「……すみません……僕」チェリーくんがうつむいたまま言った。「もっとちゃんと……フジヤマさんの散歩、いっしょに……」

　最近すごく暑かったし、フジヤマのおじーちゃんのお散歩のこと、チェリーくんは責任を感じてるんだと思う。

「私だってはやく見つけられてないし……」チェリーくんだけのせいじゃないよ。「気にしないで」つばきさんは優しい笑顔で首をふった。「お父さんの症状もたいしたことないし、ね？」

　気をつかってくれているのがすごくわかるから、その言葉が余計につらかった。

「あの、つばきさん。これ……」私は手に持ったままになっていたレコードジャケットをつばきさんに手渡した。

「大切なレコードを探してるみたいなんです。もう一度聴きたいって……」

　つばきさんは受け取ったレコードジャケットをじっと見つめたまま、私の話を静かに聞いていた。

「モールの周りも探しまわって。だから……」

　つばきさんが、こちらを見た。その表情は笑顔なんだけど、困ったような、悲しいような。つばきさんはなにも答えず、またジャケットを見つめた。

　答えのないその表情を見てしまうと、私はそれ以上深く踏み込めなくて。けっきょく、レコードのことは聞けずにその場をあとにした。


もうすっかり夜になってた。農道は街灯がないから夜になると本当に真っ暗で、足元を見てないとつまずいて転びそうになる。

「……大丈夫かな、フジヤマのおじーちゃん」

チェリーくんといっしょに帰りながら、私はフジヤマのおじーちゃんのことが気がかりで、こころがざわざわしてた。

チェリーくんも同じだと思う。さっきから話しかけても「……うん」としか答えてくれない。農道を進むのも私が先頭で、そのあとをチェリーくんがついてくる感じ。背中側から聞こえてくるチェリーくんの声は、田んぼのカエルの鳴き声にかき消されそうだった。

私はポケットからスマホを取り出して写真アプリをタップした。つばきさんに返すとき、レコードジャケットの写真を撮らせてもらった。表面も裏面も、あの短冊もちゃんと保存してある。

「フジヤマのおじーちゃんが探してるレコードって、さっきのお店のなかにあるんじゃない？」あんなにたくさんのレコードがあるんだし。——でも、

「なんで、いつもモールのまわり、探してたんだろ？」

田んぼの向こうにライトアップされたモールが見える。

フジヤマのおじーちゃんはモールのなかとかモールのまわりとかを探してるっぽいけど……やっぱりあそこにあるの？

——考えてもしかたない。行動あるのみ。私は歩きながら後ろを振り向いた。

「とりあえずスマホで調べてみよう」声をかけたけど、チェリーくん、うつむいたままだな。「色々情報出てくると思う。てかスマホで買えるんじゃない？」

「たしかに」あ、答えてくれた。けど、声は暗いまま。顔もうつむいたまま。

「マリちゃんそういうの超詳しいし、帰ったら手伝ってもらう」

「僕も色々調べてみる」やっとこっち見てくれた。よかった。

「うん！」私は後ろ歩きをつづけながら大きくうなずいた。

チェリーくんとこの農道をなんどもいっしょに帰ったけど、こうやって正面から見るの、なんか不思議な感じ。……あ、チェリーくん、今日もアレ、つけてない。

「そういえば、最近つけてないね」

ヘッドホン。と、私は両手を耳にかぶせるようなポーズを取ってみせた。

私、気づいてたよ。ヘッドホン、最近してないこと。

チェリーくんはビックリしたように目を見開いた。で、すぐに目をそらして——なにか小声で言ってる。

カエルの声がうるさくて、なんて言ったのかはわからなかったけど、最後のほうに「必要ないし」とつぶやいたのだけはわかった。

必要ない——って、どういう意味だろう。


私は「そっか」とだけ返事して、それ以上は聞かなかった。

やまざくらかくしたその葉ぼくはすき

「さよならは、言わぬものなり、さくら舞う」

部屋で引っ越しの準備を進めながら、僕はあの言葉の意味を考えていた。

あれ、絶対に俳句だ。フジヤマさんのレコジャケのなかの紙に書いてあった。無くしちゃったっていうレコードと関係あるのは間違いないと思うけど、誰が作った句なんだろう。

さよならは言わぬものなり。——誰に言わない？　言えなかった？　この《なり》は助動詞の《なり》だよね。断定……。言わないものだ。形容動詞のほう？　いややっぱり断定の助動詞。さよならは、言わない。

——さくら舞う。さくらの花びらが風に舞って飛んでいく。離れていく。《桜》と書かないのはなんで？　ひらがなである意味……ビジュアルのやさしさ？　カワイイ？　いや違うか。——ダブルミーニングとか？　いやなにと……？

段ボールに俳句の本を詰めていた手が止まる。思考がドライブしていく。舞う。高く舞い上がる、さくら。別れのイメージ。

フジヤマレコードであの句を見た瞬間、僕は下五の《さくら舞う》に自分の現状を重ね合わせてしまった。

頭のなかに浮かんだイメージ。桜吹雪が遠くに飛んでいくビジュアル。さくらって文字と音のせいで、《さくら舞う》が遠くに引っ越していく自分とダブった。

舞う。離れる。飛んでいく。舞い踊る。……踊ってる？　楽しいってこと？　いや違う。《さよなら》から《舞う》。死の連想。……やっぱり別れ。

さよならが言えない。引っ越しのこと、言えない。

今日の帰り道、スマイルに言おうと思って、でも、まさかヘッドホンのこと聞かれるとは思わなくて。

勉強机の上に視線を送る。端っこのほうで、最近置きっぱなしになっているヘッドホン。先週からずっとあそこに置いたままだ。

スマイル、気づいてたんだな、僕がヘッドホンをつけてないの。……なんかいま、胸がキュッとした。ちょっと苦しいけど、うれしい、みたいな。

……引っ越しの準備、いいや。

僕はスマホを手に取ってベッドに寝転がった。ブラウザを立ち上げて《YAMAZAKURA　レコード》で検索。

さよならは、言わぬものなり、さくら舞う。これは僕に向けた句でもある、そう感じた瞬間、フジヤマさんのレコードが他人事《ひとごと》に思えなくて。フジヤマさんのためでもあるけど、僕は僕のためにもあのレコードを探し出して、絶対に聴きたいと強く思った。


「ネットなら簡単に買えると思ったんだけど……」

スマイルの声は残念な気持ちがマスクからあふれ出るかのようだった。次の日も僕たちはシフトがいっしょだったんだけど、従業員用出入口で入館手続きをしながら昨日の成果を報告し合っていた。

スマイルはネットショップで新品や中古のレコードを片っ端から調べたらしい。

「けっこうレアなものでもネットで買えるでしょ？　だから、フジヤマのおじーちゃんのお店を探さなくても手に入るんじゃないかって。でもぜんぜんなかった。フリマアプリでもダメだったし」

僕も甘く見てた。買えはしなくても、レコードマニアのブログとかで引っかかってもおかしくないのに、そういう情報もまったく出てこなかった。

「でねでね！」スマイルの声が明るくなる。「私、あのジャケットに写ってた女のひとの服がカワイイって思って画像検索してみたの！」なるほど、スマイルらしい。

「あのファッション、最近の子はぜんぜんしないから古いやつかなって思ってたんだけど、50年くらい前に流行《はや》ったらしくて」

「１９７０年代ってことか」

「うん。てことはさ？　もしかしたら」

「レコードもそのくらいの年代に作られた？」

「私もそう思って！」

セントラルコートを歩いて陽だまりに向かいながら、スマイルは大きくうなずいた。

「フジヤマさんのことかぁ」

「自分のこと、あまり話したがらんからなあ」

陽だまりでバイト中、僕とスマイルは陽だまりのみんなからフジヤマさんのことを聞いていた。フジヤマさんは、大事をとってしばらくお休みするとつばきさんから連絡があったらしい。

「昔ここで働いとったらしいが」源田さんがテーブルにほおづえをつきながら言った。え？　ここって……。

「モールで？」スマイルも同じことを思ったらしい。「違う違う。このモールができるまえの話」佐々木さんが手を横に振った。

「昔はここに大きな工場があったのよ」反対側のテーブルから兵藤さんが教えてくれた。へぇ、ここ、昔工場だったんだ。「なんの工場だったの？」スマイルが聞いた。

「レコードのプレス工場よ」

兵藤さんの言葉に僕たちは思わずハッとして、「レコード……」ふたり同時に声が出た。ぜんぜん確証はないけど、なにかがつながるかもしれない、そんな予感がして。

「ヌーベル・ホールで小田市の歴史展みたいなの、やっとるだろ」と源田さん。「歴史展じゃない、写真展だって」と佐々木さん。

僕とスマイルは昼休みにその写真展へいってみることにした。

《『写真アルバム　ヌーベルモールの歴史』発行記念写真展　～レコードプレス工場からショッピングモールに生まれ変わって～》

2階の歯医者の奥にあるヌーベル・ホール。入り口に大きく貼られたポスターの文字がめちゃくちゃわかりやすいと思った。小田市の歴史展じゃなくてヌーベルモールの歴史展じゃん。

なかはけっこう広くて、陽だまり四個分って感じだった。写真アルバムに収録されるらしい写真がパーティションにたくさん飾られていて、時系列に沿って見ていくとけっこうおもしろい。

「これ、ウチの田んぼだ」スマイルが指さした写真には見慣れたデカい田んぼが写っていて「私が生まれるまえかな。ぜんぜん変わってない」スマイルの言う通り、田んぼと小田山の稜線《りょうせん》の感じはいまとほとんど同じ。違いがあるといったら住宅が少ないくらい。

写真は工場の様子も写し出していて、巨大な箱型の工場に大型トラックが入っていく様子や、従業員が大きな機械を操作しているところなど、当時の様子がカラー写真でいくつも紹介されていた。

「……この機械」スマイルが一枚の写真に食いついた。「なんだっけ……見たことある気がする」写っているのは、緑色の大きな機械。従業員が脇に立っていてレコードらしき黒い円盤を持っている。

「それはレコードのプレス機ですね」

案内係の女性が近づいてきて教えてくれた。さすが案内役といった感じで、工場とモールの歴史にかなり詳しかった。

「28年前に工場が閉鎖されたあと、ヌーベルっていう会社がその敷地を工場の建物ごと買い取ったんです。ヌーベルは全国で大型商業施設を展開していまして、プレス工場をショッピングモールに生まれ変わらせたんですね。で、この会社は商業施設を建てる際に、地元に配慮してその土地の記憶を完全には消し去らないようにしているらしいんですよ。もとあった設備を流用したり、モニュメントとして使用することがあるって。関西には古くなった野球場のメインスタンドを残したままショッピングモールに生まれ変わらせた例もあるって聞きましたよ。このモールはレコードプレス工場だったから、モールのなかに置かれてる時計などが、実はレコードだったりするんです」

思わず聞き入ってしまったけど、そんな経緯があったんだ。

「サザンコートにだるまが飾られた大きな機械が置かれているでしょ？　あれも実は

昔この工場にあったレコードのプレス機なんですよ。その写真に写っているのと同じ型ですね」

「あ！　思い出した！」スマイルはスッキリしたように目を大きく開けた。「だるま作る機械じゃないんだぁ」

「ちがいますよ」案内の女性が笑いながら言った。「その土地の記憶と言ったらね」なおも解説はつづく。「だるま祭もそう」

「だるま祭も？」スマイルが聞いた。

「もともとはプレス工場の従業員向けに開催されていたお祭りなの。ヌーベルが小田市と協力して、モールに変わったあともだるま祭がつづくように計らってくれたらしいんです」

「そうなんだ」

「歴代のポスターも展示していますから、よかったらそちらも見ていってくださいね」

メインの展示からすこし離れた壁沿いに、歴代の小田山だるま祭のポスターは展示されていた。けっこうな数がある。

「第1回から花火やってたんだね」ポスターを見ながらスマイルが興味深そうに言った。「田んぼから花火打ち上げるのもいまと同じ」

そのポスターの花火はスマイルの言う通り、田んぼから打ち上げられた花火を空撮した写真が使われていた。大きな工場も写っていて、花火の光をあびてきれいに色づいて見えた。たぶんこれがプレス工場なんだと思う。

「今年が56回目だから」スマイルがこちらを見て言った。

「50年以上つづいてる。１９７０年代に始まったんだ」自分で言いながら頭のなかで要素がつながっていく。

スマイルが画像検索で調べた服、レコードプレス工場、だるま祭と花火、70年代にゆかりがあるもの、フジヤマさんがプレス工場で働いていたっていう事実。偶然じゃないなにかがあるように感じてしまう。

「プレス工場で働いていたひと……ですか？」元プリが困ったように警備員たちを見渡した。

防災センターの横を通った僕たちは、ちょうど元プリと警備員たちがいたから話を聞いたんだけど、「だれか、知ってるひといます？」元プリの問いに警備員たちは首を振る。

「私も苗場の系列ホテルから出向している身で、地元の人間ではないのであまり詳しくは……」と申し訳なさそうに元プリは答えた。

「そういえば」警備員の一人が思い出したように「3階のハンドオフにはいった？」と上を指さした。「いえ」とスマイルが首を振る。

「あそこ、中古のレコード扱ってるでしょ？　さっきスマホで見せてもらったレコード、もしかしたら置いてるかもよ」


「『YAMAZAKURA』ってレコードは、ウチには置いてないなぁ」

「そっかぁ……」残念そうにスマイルがうつむく。

ちょうどジャパンがハンドオフでバイト中だったのでさっそく調べてもらったけど、在庫のなかには無いし、お店のデータベースにも載ってないとのこと。

「あぁっ！　でもでもっ！」カウンター越しにジャパンが大声を出したのでビックリしてのけ反ってしまった。こんなときにヘッドホンがないのは困ったり。

「もしかしたらそれっ、ピクチャー盤かもですっ！」ジャパンが店の奥へワタワタ駆けていく。で、一枚のレコードっぽいものを持ってきて「こんなのなんですけどっ！」とカウンターの上に置いた。

「なにこれカワイイ！」

「でっしょー⁉」

ジャパンが持ってきたレコードは、ジャケットにハート形の大きな穴が開いていた。そこから笑顔のヒカルンが覗《のぞ》いていたんだけど、ジャパンが中身を取り出すとそのヒカルンは円盤にフルカラーで印刷された写真だとわかった。

「これ、ピクチャー盤とかピクチャーレーベルっていう特殊なレコードなんですぅ！」

「え？　レコードなの？　写真なのに」

「そう！　ちゃんと聴けますよっ。ヒカルンの限定レコードなんですけど、最近のアーティストとかアイドルはサブスクで配信するだけじゃなくてこうやってファン向けにアナログ盤――あ、アナログ盤てレコードのことですけど、実はレコードの再ブームがきてて、こういうの限定で売ったりするんですっ」ジャパンはスマイルと話すときは敬語になる。

「ピクチャー盤はレコード自体がデザインの一部だから、ジャケに穴開けて中身が見えるようになってることが多いんですよっ。さっき見せてくれた写真のジャケも穴が開いてるから」

「なるほど」感心して思わず声が出てしまった。

ジャパンの言うとおり、フジヤマさんのレコジャケの穴を考えると中身がピクチャー盤って可能性は高い。

「ジャパンさんすごい！」スマイルも同感みたい。「ホントありがとっ！」ジャパンの知識と推理にかなり感動したみたい。

「いやぁぁぁ、あははは」ジャパンがデレデレしながら独り言でレコードについての知識をベラベラ話しだした。けど、なんのことだかサッパリ。

「なになにー？　お宝探し？」

どこから入ったのか、カウンターの下からビーバーが顔を出す。

「まあ、そんな感じ」と僕が答えると「えー!?　オレもオレもぉ！」と興奮しだした。

ジャパンもビーバーも落ち着きなさすぎだって……。


『いまね、あるレコードを探してて。詳しいひとがいたら教えてほしいんだけど』

その日の夜、ベッドに寝そべりながら僕はスマイルの生配信をスマホで見ていた。

久しぶりにつけたヘッドホンからスマイルの声が聞こえる。

画面にフジヤマさんのレコジャケが映し出された。スマイルがスマホで撮った写真だと思う。表面と裏面、両方表示して『これ。私もけっこう調べたんだけど、だれか知ってるひといないかな？』とリスナーに呼びかけた。

『んー、見たことない……』『わかんないなー』『カワイイ女の子写ってるぅ』『わかんないよー』『うーん、さっぱり』『古そうだね』リスナーもわかんないみたいで、期待できるコメントは出てこない。

『そっかぁ』スマイルの眉毛《まゆげ》が残念そうに八の字になる。

僕はスマホを胸におろして、白い天井を見つめた。そう簡単にいい情報が手に入るはずないか。ジャパンみたいなやつはホントにレアなんだ。

『……うまふせやま？』不意にヘッドホンからスマイルの声。

コメントを見て、僕はハッとした。

『これって馬伏山の電波塔じゃない？』

レコジャケの裏面、スマイルがカワイイって言った女のひとの後ろにそびえ立つ鉄塔、これのことを言ったのだと思う。

このコメントをきっかけに『あー、たしかに』『小田市の南側のとこだ』『知ってるー。山桜の名所だよー』『超眺めいいよね』と、コメントが次々投稿された。

馬伏山。小田市にあるらしいけど、南側か……。僕たちの家は北側だし、学区がぜんぜん違うから知らない。

それよりも『山桜の名所だよー』このコメント……。

配信が終わるとすぐスマイルからＤＭがきた。スマイルも同じところが気になってたみたいで、僕たちは予定を確認し合って、ふたりで馬伏山にいこうと約束した。

八月十二日（月）。

馬伏山は小田市の南側、人里離れた集落にあった。標高は５００ｍほど。小田山系の一部らしいけど、そもそも小田山系自体がけっこう広範囲だから僕の住む地域からはどこが馬伏山なのか、ぜんぜんわからなかった。

電車とバスを乗り継いで、ふもとのバス停留所から20分ほど山道をのぼっていく。田んぼの匂いとは違って、山のなかは土と葉っぱの香りが湿った空気をさわやかにしている気がした。「坂道ってなんかたのしーね」スマイルも山登りを楽しんでるみたい。たしかに僕たちの地域は平らな土地だからこんな山道なんて普段は歩かない。

山道を抜けると広めの砂利道があらわれて、道の両沿いに並木がつづく場所に出た。

木々の間から小田市の街並みが広がって、ジオラマみたいだと思った。

『山桜の名所らしいよ』あのコメントを思い出す。木の幹を見てみると名札が貼られてあって、《ヤマザクラ》と書かれていた。たしかに山桜の並木らしい。

「キレイだねぇ」スマイルが並木を見あげながらつぶやく。僕はうなずいた。

いまは夏だから桜の花は咲いてないけど、濃い緑のトンネルから木漏れ日がさして、それはそれでキレイだった。

僕たちは並木を眺めながらゆっくりと道をのぼっていった。

「あ、あれ！」スマイルが立ち止まって指さす。並木の枝の隙間から、見える鉄塔。

僕たちは小走りで向かった。

鉄塔は、ＦＭ小田の電波塔だった。

間近で見るとかなりデカい、というか高い。僕の団地の給水塔くらいありそう。

「同じだね」スマイルがスマホを見せてくる。画面に映ったフジヤマさんのレコジャケ、桜が咲いていないこと以外はまったく同じシチュエーション。

「ここでこの写真を撮ったんだ」

「たぶん」僕はうなずいて、あたりを見まわした。ここは山頂というわけではなく、桜並木はまだ先へつづいていた。

「あれ？」緑のトンネルの奥、50ｍくらい先に気になるものが目についた。「なんだろ、あれ？」指さしてスマイルにも見てもらう。

「……お城？」そこには日本の城……天守閣っぽい建物があった。

「なんで、お城？」スマイルも不思議そうに言った。

謎の城は、馬伏山の山頂にあった。

桜並木が終わって、山頂はアスファルトで整地された駐車場や見晴台のある公園になっていた。その公園内に3階建ての天守閣は建っていた。高さは僕の団地と同じくらい。幅もそんなに広くなくて、ふつうの一戸建てをちょっと大きくした感じ。

僕たち以外の客はいなくて、建物や公園の管理をしているっぽいおじいさんが城の周りを掃き掃除しているだけだった。

なかは城っぽさを微塵《みじん》も感じさせない、現代的な造りになっていた。コンクリートの壁に額縁やポスター。入り口近くに《三郷山城跡《さんごうやまじょうあと》》と木彫りされた看板。雰囲気としては学校の特別教室って感じだった。

1階は展示室になっていて、馬伏山周辺の地図と《～小田市吉田町《よしだ》～　馬伏山ゆかりの品》と書かれた看板が壁にデカデカと飾られていた。壁沿いや部屋の真ん中には立派なガラスのショーケースがたくさん並べられている。

僕たちは遠足気分で、そのゆかりの品を見てまわった。名産っぽいまんじゅうや水晶っぽい石、なぜか車用の歯車もあったり。

ふと視界に長い髪が入る。

スマイルの、髪だ。甘い花の香り……シャンプーかな……近い。

一気に脈搏《みゃくはく》がはやくなって、思わず顔をそむける。暑い。顔が、あつい。

ちらっとスマイルを横目で見る。僕の横でスマイルはショーケースのなかを真剣に見つめている。

——無意識だったんだな。こころのチューニングがマイナス方向に振れる。

気を紛らわせようと、僕は別の——スマイルがいるほうとは反対側の——ショーケースを見た。……ん？

「……これ」気になるもの、と言うか、記事のような白黒印刷の紙を見つけた僕は思わず声に出していた。

「ねえ、これ」スマイルの肩を叩《たた》いて僕が見つけたものを指さす。「なに？」とスマイルがその記事を見た。

「……これ！」スマイルがこちらを向く。僕も力強くうなずく。

スマイルがポケットからスマホを取り出した。ガラス越しにそれを撮ると、シャッター音が壁に反響した。

「地元小田市出身のシンガーソングライター、藤山さくらさん（22）。最新レコード《YAMAZAKURA》。表紙に写るのはFM小田の電波塔と、馬伏山名物の山桜だ」

スマホで撮った白黒の記事をスマイルが読み上げた。

記事の上段は花柄のワンピースを着た女性が満面の笑みで写っていた。右手に持ってる30㎝ほどの正方形の板には真ん中に白い円があって、それに沿って《YAMAZAKURA》の文字。僕たちがよく知っている、あのフジヤマさんのレコジャケだった。

この記事を見つけた瞬間、いろんなことを忘れちゃうくらいドキッとした。宝の地図を見つけた、みたいな。

僕たちは秘密を共有するように、なぜか誰にも見つからないように、見晴台に移動していた。

この記事にはほかにも気になる点があった。女性が右手に持っているのはフジヤマさんのと同じレコジャケ。で、左手にはレコードのような円盤が持たれていたんだけど、「チェリーくん、これって……」スマイルがこちらを見た。そう、記事の女性の笑顔と同じく、円盤にも同じ女性の笑顔が印刷されていた。僕たちはこれと似たものを数日前、ハンドオフで見ている。

「ジャパンさんが言ってた」

「ピクチャー盤、だと思う」

『最新レコード』と紹介されたそれは、ピクチャー盤という特殊なものだとしても、レコードだと思わせるには充分だった。

これが、フジヤマさんが探しているレコード。間違いないと思う。ついに一番大きなヒントを手に入れた。

さらに、もうひとつ大きなヒント。

「このひとの苗字《みょうじ》」今度は僕からスマイルを見た。スマイルも、同じ答えに行き着いたみたいで、確信に満ちた瞳《ひとみ》を向けてしっかりうなずいた。

「お母さん……」

つばきさんがうれしそうにつぶやいた。コンビニでスマホからプリントアウトした記事のコピーを大事そうに持って、優しい笑顔でじっと見つめた。

その日の夕方、僕たちは馬伏山から直行でフジヤマさんの家まできていた。

点で集まった情報が、線でつながって、フジヤマさんにたどりついた。

この記事を見てもらえればなにか思い出すかもしれないと考えたんだけど、フジヤマさんはまだ安静が必要で、無理をさせちゃうのもイヤだった僕はつばきさんに見てもらっていた。

「これ、どこで？」とつばきさんが聞いてきたので、スマイルが経緯を伝えた。

「あの、お母さん……てことは、そのひと、フジヤマのおじーちゃんの、奥さん？」

スマイルの問いにつばきさんは優しくうなずいた。

「すごくカワイイですね」

「でしょ？」つばきさんはうれしそうにはにかんだ。

「てことは、タフボーイのおばあちゃんか……」

つばきさんは僕の言葉にもうなずきながら「靖幸は見たことないからわからないと思うけど。……ま、私もか。写真もあまり残ってなくて」

え？　それってつまり……。

「この記事、初めて見た。お母さん、本当にミュージシャンだったのね」

「あの……さくらさんは？」僕は聞かずにはいられなかった。

「私を産んですぐに病気で亡くなっちゃったらしいの。物心つくまえのことだから、私もぜんぜん」

やっぱり。……でも、「なんか、すみません……」聞いちゃいけないことだったかも。

つばきさんは「いいのよ」と優しく言ってくれた。

つばきさんのあとについて、お店の方へと向かった。このまえ送迎車できたときと同じように、商店街側にある出入口の前に僕たちは立った。夕闇が深くなっていて、古くなった街灯がジジジッと音をたてて光っている。

つばきさんはお店の屋根に立てられた《FUJIYAMA　RECORD》の看板を見つめていた。

「このお店もね、お母さんのレコードを売るために始めたって」

「そうなんだ」スマイルも看板を見あげる。

「……実はね、来週、お店畳むのよ」

僕とスマイルが同時につばきさんを見た。

「古くなって、誰も継がないから……」つばきさんの横顔が、寂しそうに曇る。「いま、靖幸が片づけてる最中」そう言って出入口に向かい、ドアを開けて店内に入っていった。

スマイルと顔を見合わせたあと、僕たちもつばきさんにつづいた。

お店のなかに入ると靖幸、つまりタフボーイがカウンターの下あたりで「ダリーなぁ……」とレコードを段ボールに詰めていた。そばには飼い猫——たしかトムって名前だったはず——がレコードの山の上に寝そべってタフボーイを監視するように見おろしていた。

「進んでる？」つばきさんが声をかけると「ちゃんとやってるって」とタフボーイがダルそうに立ち上がってこちらを振り向いた。

「……あれ？　お前ら、どうしたんだよ」なんでここにいるんだ？　と言いたげな顔。

「ちょっと」とあいまいに返事をしたけど「ちょっと？」とより不思議がっていた。

店内は、このまえとあまり変わりはなかった。あいかわらず大量のレコードがラックやテーブルの上に置かれている。

「フジヤマのおじーちゃんは……」ラックのレコードジャケットを眺めながら、スマイルが静かに言った。全員がスマイルに注目する。スマイルは、こちらを振り向いて、

「さくらさんの声が聴きたいんだと思います」

確信のこもった声。「だから、レコード探しまわって……」とつづけた。

やっぱりスマイルもそこに行き着いたんだ。

馬伏山で手に入れた記事。フジヤマさんの奥さんだという藤山さくらさんのレコード《YAMAZAKURA》。フジヤマさんが探しているレコードにはさくらさんの歌声が収録されている。フジヤマさんは「もう一度聴けば……思い出す」と泣いた。さくらさんのレコードを聴けば、フジヤマさんはなにかを思い出せる……。

さよならは、言わぬものなり、さくら舞う。あの句がまた頭のなかに流れる。

さくら舞う——別れ、死。

店内をあらためて見まわす。さくらさんのレコードを売るために始めたお店。たくさんのレコード。フジヤマさんの、思い出。……大量のレコードは、まるでフジヤマさんの記憶のよう。このなかに大切な思い出が——でも来週、お店は畳まれてしまう。フジヤマさんの記憶が、なくなってしまう。

「あの……僕」

絞り出すように声に出す。スマイルに注がれていた視線がこちらを向く。スマイルも見ている。

僕は近くのテーブルを見つめた。レコードが詰められた段ボール、その一つを手に取って、持ち上げる。

「……僕も、いっしょに片づけていいですか？」

つばきさんに向けて、僕は意志を込めてしっかりと言った。つばきさんは「え？」と驚いた様子でこちらを向いた。

「もしかしたらこのお店のなかに、フジヤマさんが探してるレコードがあるかもしれなくて」片づけながら、全部の中身を確認させてほしいんです、そう訴えた。

つばきさんの表情に真剣みが帯びた。すこし怒っているようにも見えて、怖い。でも、いまの自分ができることをしたい。

「おいおい待てよ」事情が呑《の》み込めないタフボーイが割って入ろうとしたけど「私も！」とスマイルの元気な声にかき消された。

「私も手伝わせてください！」その声は僕を勇気づけた。

つばきさんは、記事のコピーを、じっと見つめていた。そう言えば、お母さんの記憶がぜんぜん無いって言っていた。自分の年よりもずっと若い状態の母親に、なにを思うんだろう、そんな疑問が頭をよぎった。

「……実はね、私も探したの」

意外な言葉だった。フジヤマさんが倒れたあと、スマイルがレコードのことを聞いたときはなにも言ってくれなかったけど、つばきさんも探してたんだ。

「ここを畳むって決まってから、お父さん、急にお店のなかを荒らし始めてね。そのたびに私が整理しなおしたんだけど」僕の知らない藤山家の姿がそこにはあった。見てはいけない、聞いてはいけないものを突きつけられた気がして、胸が痛んだ。

「『さくらのレコードを探してる』って。私もいっしょに手伝ったんだけど、どんなレコードかもよくわからないし」こんなたくさんのなかからじゃ。……私も疲れちゃって、と店内を見まわしながらつばきさんは小さくつぶやいた。

「……この、お母さんが左手に持ってるのが、お父さんが探してるレコードなのよね」

「そうだと思います」

つばきさんは黙ってしまって、沈黙が店内を支配した。タフボーイですら、母の深刻な雰囲気を感じたのか、押し黙っていた。

しばらく沈黙が流れたあと、つばきさんはゆっくり顔をあげて、

「……みんなで探せば、見つかるかな？」笑顔でそう言った。

優しくて、でも意志の強い言葉。

僕はうれしかった。なによりも、僕の意志がつばきさんに届いてくれたことが。

スマイルも同じ気持ちみたいで、僕のとなりで大きくうなずいた。マスク越しでも満面の笑みなのがわかる。その笑顔に、僕の気持ちもさらに明るくなった。

「ビーバーとジャパンにも手伝ってもらおう」

「うん！」

「おいおいちょっと待てって！」おいてきぼりのタフボーイがイライラとつめよってきた。トムがタフボーイの肩に乗り、事情を教えろと言いたげな視線を向けてくる。

「勝手におまえら盛り上がってんけど、じーちゃんの探してるレコードってなんだよ！」

「あんたも聴きたいでしょ？」つばきさんがそんなタフボーイを諭すように、記事のコピーを見せながら言った。

「おばあちゃんの声」


八月十四日（水）。

「結以、ぜんぜん片づけ進んでないじゃん」

お母さんが、僕の部屋を見まわして言った。「あんなまえから始めたのに、今週末だよ？　引っ越し」

「わかってるって」僕はウエストポーチを肩にかけて、机の上に置いていたスマホを手に取って、部屋を出た。「今日、ちょっと遅くなる」

「はーい。あ、ヘッドホン忘れてるよ」

「いらない」

フジヤマさんの店につくと、スマイルがすでにきていた。今日もマスクをしてるけど、いつもと違って髪をポニーテールにしていて、ドキッとした僕は思わず目をそらしてしまった。ポニーテールも、カワイイ……。

ビーバーとジャパンも合流して、タフボーイとつばきさんを加えた六人で、レコード捜索を始めた。タフボーイがビーバーを追いまわして大変だったけど、つばきさんに怒られてしぶしぶやめていた。

捜索方法はシンプル。店内にあるレコードジャケットの中身を、一枚一枚確認していく。

まずはフジヤマさんが大事に抱えていたあのレコジャケと同じものがないかを確認。違っていてもそこで諦《あきら》めず、中身も確かめる。ぜんぜん関係ないレコジャケのなかにさくらさんのレコードが紛れ込んでいるかもしれない。

大切なのは中身。あの記事に載っていたピクチャー盤、さくらさんの笑顔が印刷されたあのレコードを探し出す。レコジャケも中身も違ったら、回収業者に引き渡す用の段ボールに入れていく。という情報をみんなで共有した。

期限は明後日《あさって》十六日（金）。この日に回収業者がくる。それまでに捜索と片づけを終わらせないといけない。

十六日——つまり引っ越しの前日。……どちらにしても、僕には時間がない。

「あっついぃ……」スマイルがレコードを探す手を止めて、手うちわで顔をあおいだ。

「たしかに……」「マジ溶ける」ジャパンとビーバーもあとにつづく。

「しかたねぇだろエアコンぶっ壊れてんだよ扇風機でガマンしろ」汗だくになりながらタフボーイが言った。夕方ならいざ知らず、猛暑の日中にエアコン無しはキツすぎだろ。扇風機って言っても、店内にある冷蔵庫の上の一台しかないし、その一台もトムがしっぽを立てながらあたっているから風がこっちにまわってこない。

そんな過酷な状況でも、スマイルはマスクをしたままだった。さすがに暑いのか、たまに作業を止めては、マスクのあご部分に隙間を作って手うちわであおいでいる。

「……外したら？」

「えっ⁉」

予想以上にスマイルがビックリして「い、いや、ほこりとかスゴイじゃん！」とあきらかに動揺していた。……言わなきゃよかったかも。なんか、ごめん。

「みんな、そろそろお昼にしましょ。そうめんでいい？」とつばきさんがみんなに声をかけた。


フジヤマさんの家の居間は日陰になっていて快適だった。畳の上の丸テーブルをみんなで囲んで食べるそうめんは、冷たくておいしくて最高だった。

「あれ、スマイルは？」がっついていたジャパンがふと我に返ったように聞いてきた。居間にスマイルの姿は、なかった。

「なんか、ダイエット中だって」僕はさっきスマイルから直接言われたことをジャパンに教えた。「『私レコード探してるから、みんなで食べてて』だって」

「あんな瘦《や》せてんのにダイエット……」ジャパンは感心したような、残念なような表情をして、またそうめんに箸《はし》をのばした。タフボーイとビーバーはスマイルに興味がないみたいで、さっきから無言でそうめんをすすりつづけていた。

はやめにお昼を切り上げてひとりでお店にもどったけど、スマイルの姿はなかった。外を捜してみると、お店の横にある小さな通路のほうから水が地面をたたく音が聞こえてきた。

そこには園芸用の蛇口があって、絶え間なく出てくる水は、マスクをおろしたスマイルの口のなかへと流れ込んでいた。

僕は思わず、スマイルから見えないように建物の陰に隠れてしまった。見つからないように顔を覗《のぞ》かせて、また見てみる。

スマイルは、おいしそうに水を飲みつづけていた。

飲み込むたびにすこしだけ動くスマイルの口と喉《のど》。水滴がアゴにかかったマスクに染み込んでいくのがわかる。透明な水のなかで、白い歯がゆらゆらと揺れる。

目が離せない。ずっと見ていたい。本当は見ちゃいけない、見られたくない姿なんだろうけど……でも、どうしても、気持ちがおさえられない。

「ぷはぁー」と大きな声とともにスマイルが体を起こした。反射的に僕も身を隠す。

「生き返るぅ～」水が地面をたたく音が消えた。

また覗いてみると、スマイルは満足そうに口を拭《ぬぐ》っていた。

と、離れたところにいる僕にも聞こえるくらい大きな『グゥ～』という腹の音。スマイルが、おなかを恥ずかしそうにおさえる。

水だけじゃきっと足りないんだ。……たぶんダイエットってのもウソで。みんなとお昼を食べるとマスクを外さなきゃならない。それがイヤで。

僕はいま見たことをさとられないように、一旦《いったん》その場をあとにして、あらためてそうめんを食べ終わったジャパンたちといっしょに店のなかへもどった。


その日は夕方まで捜索して、店の半分ほどが片づいた。その半分のなかには、さくらさんのレコードは含まれていない。

「無いね……レコード」スマイルがつぶやく。

「まだ半分、残ってる」

スマイルにも自分にも言い聞かせるように、希望を込めて、僕は声に出した。

その日の夜。

フジヤマさんのお店でレコードの山を片づけて、家では自分の荷物を片づけて、なんか、デジャヴ……。

僕は間近にせまった引っ越しに向けて梱包《こんぽう》作業を進めていた。

あらためて思うけど、僕の部屋は本が多い。フジヤマさんのレコード屋みたい。

その本のほとんどが俳句関連。毎月買ってる月刊『俳句』のバックナンバーが思った以上にあって、段ボールに詰めても詰めても部屋のいたるところから出てくる。

机の横のカラーボックスに積んであった分をやっと梱包し終わったところで、手が止まった。ふと、現実が襲ってくる。

——もうすぐ、スマイルと会えなくなる。

引っ越しの準備を進めると、スマイルに会えなくなる。フジヤマさんのレコードが見つかっちゃうと、スマイルといっしょに、捜せなくなる。チューニングが乱れる。

なんだ、この感情。いやだ。白かったり黒かったり、なんなんだよ、マジで……。

気持ちを切り替えたくて、僕は空になったカラーボックスに手をかけて持ち上げた。お父さんの書斎に持っていこうと思って部屋を出ようとするときに、パサッと音がして、足を止めた。

振り返ると、机の横に一冊の雑誌がころがっていた。……月刊『俳句』だ。また出てきた。いつの間にか机とカラーボックスの間に落ちちゃって、ずっと気づかなかったんだ。

カラーボックスを床に置いて、その月刊『俳句』を手に取った。

「……あ」

表紙を見て、思わず声が出てしまった。

大特集　春の季語入門
季語の本意・春編……山路寿
本意がある春の季語
「春の月」、「薄氷」、「種蒔《たねまき》」、「白魚」、「山桜」などの
本意をズバッと解説

類似季語の使い分け……千葉慧美
《角川俳句叢書《そうしょ》》小特集……児仁井風蘭句集「団地団」
実用特集……別れをうまく表現する

山桜。春の季語……。

気づくと、勉強机のイスに座って、その月刊『俳句』を開いていた。

それは10年くらいまえの月刊『俳句』三月号だった。お父さんに借りたバックナンバーだったと思う。

月刊『俳句』のことを教えてくれたのはお父さんだった。お父さんが学生のときからあったらしいから、かなり歴史がある雑誌だ。僕も僕で俳句にはまってからは毎月欠かさず買っていた。

《山桜》のページは本のなかほどにあった。《俳句こぼれ話》に目がいく。


【俳句こぼれ話】

俗言ではあるが、花より先に葉が出ることから、出っ歯の人をさして「山桜」と

呼ぶ。確認できた限りでは明治期に例があるが、もしかしたら江戸時代にさかのぼる言葉遊びかもしれない。似た例では、葉がない状態で開花する彼岸桜を「歯なし」に引っ掛けて「姥桜《うばざくら》」と呼ぶ。芭蕉《ばしょう》はこれを逆手にとって〈姥桜さくや老後の思ひ出《いで》〉(老後の思い出にひと花咲かせよう、の意)と詠んだ。

「出っ歯の人をさして、『山桜』と呼ぶ……」

小さく声に出して読みながら、僕の頭のなかでは今日スマイルが蛇口の水を飲む姿が鮮明に浮かんでいた。

水を飲むたびにすこし動く口と喉。湿っていくマスク。水のなかで、揺れる、白い出っ歯。——思いついた。思いついてしまった。顔があつい。指先もなんだか過敏になっている気がして、本の手触りが直接脳に伝わってくるみたいだ。

こころがざわつく。気持ちが湧き出す。言葉が湧き上がってくる。スマイルへの気持ちが、おさえられない。

……僕には俳句がある。気持ちは文字で表現できるんだ。

月刊『俳句』を机に置いて、スマホを手に取った。気持ちがドライブする。はやく詠みたい。急いでキュリオシティのアイコンをタップして、思いのままに、考えついた僕の気持ちを、コメントした。

チェリー@俳句垢
やまざくら
かくしたその葉
ぼくはすき
#俳句

寝る時間になっても、スマイルからのいいねはつかなかった。

雷鳴や伝えるためにこそ言葉

八月十五日になった。

今日も暑くて、マスクのなかが蒸し蒸しする。汗で日焼け止めが流れ落ちちゃいそう。

気づいたら夏休みもあと二週間くらいで終わる。終わっちゃう……。フジヤマのおじーちゃんのお店は、明日《あした》業者さんがきてぜんぶのレコードを持ってっちゃう。だから今日中に片づけを終わらせて、レコードも見つけないと。

――わかってるのに。私の手は、目の前にあるレコードの山にのびてくれなくて。さっきからうつむいたまま顔があげられない。レコードの山をじーっと見つめてばっか。

昨日見たチェリーくんの俳句、頭から離れない。

「さくらさんは、どう思ってたんだろう……」

昨日の夜、私はベッドにうつぶせに寝転がりながらスマホを見ていた。

ジュリちゃんもマリちゃんも寝ちゃってる。部屋のなかは暗く、私のスマホの画面だけが明るくともってた。画面には、あの白黒の記事の写真。さくらさんが右手にレコードジャケット、左手に自分の顔が印刷されたレコードを持って、元気に笑ってる。

さくらさんの笑顔、すごくカワイイ。

人差し指と親指をさくらさんの顔あたりにつけて、上と下に広げるように動かす。さくらさんの口元が画面いっぱいに表示された。

出っ歯だな、さくらさん。私みたい。

大きく口を開けて笑ってるから、前歯が目立ってて。でも、さくらさんの笑顔はそんなことぜんぜん気にしてないって感じで、明るかった。恥ずかしいとかひとに見られたくないとか思ってたら、こんな大きく口を開けて笑えないと思う。……私はムリ。なんか、まぶしい……。

写真アプリを閉じてそのまま寝ようと思ったんだけど、最後にキュリオシティだけ。もうクセになっちゃってる、寝るまえにタイムライン確認するの。

キュリオシティは夜のほうがにぎわってる。みんな私みたいに、寝るまえにチェックしたりコメントしたりが多いんじゃないかな。

ふと見慣れたヘッドホンのアイコンがタイムラインにあらわれた。

チェリー@俳句垢
やまざくら
かくしたその葉
ぼくはすき
#俳句

チェリーくんの俳句だ。あたらしい、やつ……。

「やまざくら、かくしたその葉……」思わず声に出た。

一瞬、口が動かなくなる。でも、声に出したくないわけじゃなくて、むしろ、出したくて、

「……ぼくは、すき」

自分で言って、心臓が、止まるかと思った。なんで？　自分でもわからなくて。つぶやいた小さな声が、なんだかスマホの画面に反射して自分にもどってきたみたいな、ヘンな感覚。

声に出すと、音にすると、すごく、こう……直接だった。文字なのに、チェリーくんの顔が、さくらんぼみたいに赤くなるのが浮かんじゃう。ドキドキする。心臓はやい。苦しいけど、なんか、うれしい。なんで？

頭のなかで、真っ赤な顔のチェリーくんが、声に出す。

ぼくはすき。僕は——好き。

キュリオ・ライブで配信してて、そういうコメントたまにある。『スマイルちゃん好きです！』とか。別にそれがイヤってわけじゃないし、ひとに好かれるのは認められた気がしてうれしい。だからって、こんなにドキドキすることはぜんぜんなくて。

——かくしたその《葉》。これだけ漢字なの、気になる。《歯》の打ち間違いじゃない？　って思っちゃったり。——自意識過剰すぎ。でもぜったいこれって。

かくした……隠した、歯。チェリーくん、気づいてる？

　色んな感情が胸のなかをぐるぐるまわってく。あがったり、さがったり。なにこれ。なんで？　からだはさっきからピクリとも動かない。動けない。スマホに映ったチェリーくんの俳句を見てるだけ。なのに、こころが全力疾走。なんで？

　視界をさえぎるように、なにかがスマホの前にあらわれて、それが自分の右手だとあとから気づくくらい、私のこころはダッシュしてまわりが見えなくなってた。

　私の指は、チェリーくんの俳句にいいねをしようと《♡》マークに向かう。いつもみたいにいいねしよう。いつもみたいに——できない。《♡》にあとすこしってところまで近づいて、手が止まっちゃう。いいね、したい。……押せない。押したい。押そう。押すよ、いいね——。

　突然、まぶしさが無くなった。

　さっきまでチェリーくんの俳句が映っていた画面は、バックライトが消えちゃって、そこに映り込んだのは、私の顔。

　暗くてもわかる。すごく、赤くなってる。だから余計に目立つ。見たくないもの。白い大きな、歯。矯正器。——グロい。

　いいねを押そうとしていた右手は、吸い込まれるように口元にいって、歯に触れた。

生暖かい、感触。

画面に映り込んだ私は、ぜんぜんかわいくない。いやだ。見たくない。見られたくない。だれに？　――チェリーくんに。

パンッ！　となにかが破裂したみたいな音が響く。気づいたら私は、思いきりスマホケースを閉じていた。

レコードの山から一枚つかみあげる。白地の紙、真ん中に茶色の版画絵みたいなおじーちゃんとおばーちゃん。《SONGS》って書いてあるのがタイトルっぽい。

って目の前のレコードジャケットのことを考えてるフリをしてる私のアンテナは、テーブルの左ななめ向かい、扇風機の音がする方のチェリーくんに向いてて。さっきからジャケットのおじーちゃんおばーちゃんと目が合ってるのに、ピントが合ってないっていうか、私の全神経がからだの左側に集まってるみたい。部屋が暑いからなのか、マスクをつけてるからなのか、昨日からつづいてるドキドキのせいなのかわからないけど、あつい。顔が。とにかく。

ジャケットの中身を確認。黒い普通のレコード。うつむいていた顔をあげて、《SONGS》を間違いの段ボールに入れながら、視線をチェリーくんに向ける。自然に。自然にできてる。

チェリーくんは昨日と変わらず、黙々と作業を進めてる。――チェリーくんのほほに汗がつたった。それがレコードの山に落ちて、はねて散る。気づいてないみたい。

――あ！

思わず目をそらす。……チェリーくんと目が合った。

さっきまでぜんぜん動いてくれなかった私のからだはいきなりスイッチが入ったみたいにレコードの山を漁《あさ》りだした。ジャケット取る、中身確認、段ボール詰め、ジャケット取る、中身確認、段ボール詰め……。

あっという間に夕方になっちゃった。

みんなで頑張って片づけて、いまチェリーくんが持ってるのが最後の一枚。ほかはジャケットも中身もぜんぶ確認したけど、さくらさんの笑顔は出てこなくて。

片づけた段ボールとかお店のなかにあったスピーカーとかは家の縁側に置いたり中庭のスペースに置いたりして、店内はラックとテーブルと冷蔵庫と扇風機だけになってて、部屋の広さは変わらないはずなのに、レコードが無くなっただけで隙間がいっぱいできたみたいに、なんだか寂しげ。

みんなチェリーくんのまわりに集まって、最後の一枚に注目してる。私も祈るみたいな気持ち。出てきて、さくらさん。

ゆっくりとチェリーくんがレコードジャケットを胸の前に掲げた。ジャケットの口に右手をそっと入れて、中身をつかんだ。一気に引き抜く——。

黒い、円盤。チェリーくんがゆっくり裏返す。……やっぱり真っ黒。そこにさくらさんの笑顔は無かった。

「んだよ、やっぱねぇじゃねーか」タフボーイさんが吐き捨てるみたいに言って、裏口から出ていく。ジャパンさんも、ビーバーくんも。

「ありがとね」つばきさんの優しい声。見ると、チェリーくんの肩に手を添えてつばきさんが優しく微笑んでた。チェリーくんは、ずっとうつむいたまま、なにも答えない。「スマイルちゃんも」つばきさんがこちらを見て微笑んだ。私は声が出なくって、首を小さく振ることしかできなかった。

つばきさん、私たちに焚《た》きつけられてレコードをいっしょに捜してくれて、でも私たちはけっきょく見つけられなくて、結果的に、私たちはつばきさんの古傷をえぐってしまったと感じた。すごく、申し訳なく思う。

チェリーくんも同じ気持ちだと思う。申し訳なくて、悔しくて。チェリーくんの横顔はいろんな感情があふれ出てるみたいだった。

チェリーくんがゆっくり顔をあげる。お店のなかを見まわして——あきらめきれないのかな、レコードがなにもなくなった店内を、それでもなにかを探すみたいに。

「靖幸ぃー。冷蔵庫と扇風機も片づけといてー」つばきさんがトムちゃんを抱えて裏口から出ていった。「はぁ!? ……わかったよ」「よろしくね」お店の外からつばきさんとタフボーイさんのやりとりが聞こえる。

気づくと、さっきまでとなりにいたチェリーくんは、トムちゃんが乗ってた冷蔵庫の前にいた。手をかけて、中腰でじっと見つめてるけど、どうしたんだろ？

私も冷蔵庫の方にいって、チェリーくんの後ろから見てみた。

古いものっぽくて、ウチにあるのとは雰囲気がちがう。私の胸くらいの高さ、上の段は小さいドア、下の段がちょっと大きなドア。片側に取っ手がついてる。ウチの冷蔵庫は両開きだな。その冷蔵庫の上に（さっきまでトムちゃんが風にあたってた）扇風機が置いてあって、つばきさんがスイッチを切ったのかな、昨日からずっとまわりっぱなしだったけどいまは止まってる。

チェリーくんは冷蔵庫の上の段の取っ手を握って、ゆっくりと開けた。電源がはいってないっぽくて、なかは薄暗い。

……なにも入ってない。

食材とか氷とかお菓子とかだけじゃなくて、器っぽいものも無い。チェリーくんがしゃがんで下の段のドアも開ける。……からっぽ。下の段は卵入れとか野菜室っぽいのがあるけど、中身はカラ。

チェリーくんがうなだれながら立ち上がって、両方のドアを閉めた。パタンて音が湿って聞こえて、なんだか耳にこびりつくみたい。

「クソ……」チェリーくんは冷蔵庫のなかにレコードがないか、捜したんだと思う。最後の望みで、って感じで。でも、なかはからっぽで。

「……すきま」

え？　すきま？　なんだろ。チェリーくんが急にからだを起こしたから、私はちょっとビックリしちゃって一歩後ろにさがった。

冷蔵庫はカウンターのそば、裏口の横の壁際にピッタリつくように置かれてる。で、チェリーくんはその隙間をじっとのぞきこんで、と思ったら、冷蔵庫を両手で抱え込むみたいにギュッとして、壁から離すようにずらし始めた。ズズズって音をたてながらゆっくり冷蔵庫が移動してく。

冷蔵庫が壁から離れて、隠れてた部分があらわになった。長い間ここに置いてあったんだと思うけど、壁の緑色が冷蔵庫の形に四角く日焼けしてた。そこだけ新品て感じで。足元はすこしほこりがたまってる。

その白いほこりに紛れるように、ピンク色の正方形。真ん中に丸い穴。そこから覗《のぞ》く、満面の笑み――。

カンペキに同時。ハモッた感じ。私とチェリーくんは、いっしょに大きな声をあげてた。

「あった!」

お店のなかはレコードが無くなって寂しくなっちゃったけど、私の気分は明るかった。みんなもそうだと思う。ニコニコしてる。なにより、フジヤマのおじーちゃんがうれしそうにしてるのが、私もうれしくて。

さくらさんのレコードは、ちゃんとお店のなかにあった。チェリーくんが最後まであきらめなかったから、さくらさんもこたえてくれたんだ、と私は思う。

つばきさんがフジヤマのおじーちゃんにレコードが見つかったって言いにいったら急に元気になったみたい。いま私の前でイスに座りながら、さくらさんの笑顔が印刷されたレコードをすっごくうれしそうに見てる。

フジヤマのおじーちゃんは、いま二つのジャケットを持ってる。

ひとつはさくらさんのレコードがちゃんと入ってるジャケット。もうひとつはいつも大事に抱えてたカラのジャケット。それを左右の手にひとつずつ。

私たちはそのカラのジャケットの中身を探してたんだけど、けっきょく見つからなくて。でも、まったく同じものが見つかってくれたのはすごくラッキーだと思う。つばきさんが『お母さんのレコードを売るために始めた』って言ってたけど、それってつまり、さくらさんのレコードが何枚もあったっていうこと。そのうちの一枚がお店のなかに残ってたんだ。

でも、正直ちょっと引っかかってて。――フジヤマのおじーちゃんが探してたほうのレコードはどこいっちゃったんだろう？　やっぱりモールのどこかにあるのかな。

「さくら……」フジヤマのおじーちゃんが涙声でつぶやいた。ほほをつたって涙がポロっとこぼれ落ちる。このまえの悲しい涙とはぜんぜん違う。いまのはうれしくてこぼれた涙。見てる私も泣きそうになっちゃう。

　フジヤマのおじーちゃんも喜んでるし、同じレコードならなかに収録されてるさくらさんの声も同じってことだと思う。求めてたさくらさんの声はこのレコードで聴けるんだ。

「ジャパンさんにかけてもらうね」私は中身入りのジャケットをフジヤマのおじーちゃんから受け取った。レコードプレイヤーはもともとお店のなかにあったけど、レコードの山といっしょにいったん片づけちゃった。でもジャパンさんが「すぐ聴けるようにするんでっ！」だって。ジャパンさんたのもしい！

「あれ、スピーカーのコードは？」そのジャパンさんがレコードプレイヤーとかの機械が積まれたラックから顔を出した。「あれつながないとスピーカーから音出ないって」

「あ、さっき縁側で見たかも」チェリーくんが裏口から小走りで出てった。

　チェリーくんがもどってくるのを待つ間に準備を進めようと思って、私はジャケットからレコードを取り出した。

さくらさんの笑顔。記事でもそうだし、このレコードもそう。すごくカワイイ。

……裏側ってどうなってるんだろ？　――あ、花火だ。

そこには田んぼからたくさん打ち上がった花火の写真が印刷されてた。見覚えがある。だるま祭の花火。色とりどりですごくキレイ。古いレコードのはずだけどぜんぜん色あせてなくて、さくらさんに負けないくらいカワイイ。

裏面は違う写真にできるんだな。すごいな、ピクチャー盤。……チェリーくんに見せたい。

瞬間に湧き上がった私の気持ちは、気づくと私を裏口へ走らせてた。

縁側に出るとチェリーくんがちょうどこちらを振り返ったところだった。手には輪っか状の縄みたいなのが持たれてて、コード見つかったんだってすぐわかった。

私は「見て見てー」とチェリーくんに駆け寄ってレコードを胸の前にかかげた。花火の面がちゃんと見えるように、両腕をグッとのばす。

「……花火？」レコードを見たあと、チェリーくんは私のほうを見て言った。

「かわいくない？」

「かわ……いい……？」

「うん！」

レコードを裏返して、あらためて見てみる。あざやかな花火の光は私を照らすみたいにキラキラしてる。すごくカワイイ。

今日は十五日。今年のだるま祭は、十七日、あさっての夜。

「だるま祭、あさって……だね」

……あつい。顔が、頭が。なんで？　それは……チェリーくんと、いっしょに、見たいから。

「花火……」いっしょに見たい。見たい。見たい。……恥ずかしい。チェリーくんを、見れない。……見たい。いっしょに見たい。

「いっしょに……見に、いこ？」

マスクが擦れる。自分にしか聞こえないくらい小さな声だった。唇の裏側と前歯がついたり離れたり。視界がせまい。——レコードだ。気づいたら、レコードで口元を隠してた。それがマスク越しに前歯にあたって……。

チェリーくんの顔が見れない。顔が見れないかわりに、私の視線はチェリーくんの手元にいっちゃってて。手元の輪っか、コードがよじれてる。チェリーくんの指が、コードをねじるみたいに、小刻みに動いてる。

「あの……」チェリーくんの声。思わず見ると、真っ赤な顔でうつむいてた。目が合ってないってわかったら、むしろチェリーくんの顔をじっと見ちゃう。

――待って、このリアクション、これって、ちゃんと伝わってくれてるってことだ。デートだよ。私、チェリーくんをデートにさそった。で、チェリーくんは真っ赤になって……ウソ、これってそういうこと？　ウソ。ホント？

「チェリィ～！」突然お店の裏口から大きな声。

「コード。はやく持ってこいってぇ」ジャパンさんの声だ。振り向くと、ジャパンさんがラックの奥から顔を覗かせて、チェリーくんに催促する顔。

「あ、えっと……」チェリーくんがつぶやく。なんか、いったん空気が、散らばっちゃった。なんか、雰囲気が……。

私はなにも言えず、うつむいた。チェリーくんの足元が見える。スニーカーが、裏口に向かってゆっくり動き出す。私はそれを、目で追うだけ。

「……いくよ！」

チェリーくんの声が、大きな『いくよ！』が、チェリーくんの足音といっしょに遠ざかる。けど、私の耳にずっと響きつづけて……。

花火、いっしょに、見にいくよ。

とりはだ。ブワッて感じ。足の先から頭のテッペンまで、『うれしい』って気持ちが私のからだをすっごいスピードで駆け抜けた。

——やった。やった。やったぁ！　うれしい！　うれしぃー!!

両手に持ったレコードをギュッと抱きしめる。からだが勝手に飛び跳ねちゃう。止められない。うれしすぎて止まらない。こんなうれしいことって、いままで生きてきたなかで、一回もない。人生で一番うれしい。言いすぎなんかじゃない。うれしすぎて倒れちゃいそう。

——うれしい。うれしい！　うれしぃー!!

私は、こんな気持ちになる私を知らなかった。知らないのはしかたない。だって、初めてなんだもん。私は初めて知った。これが、恋なんだ。

私は、チェリーくんが、好きなんだ。

自分で気づいちゃうと、なぜかちょっと冷静になれた。さっきは『うれしい』がすごいスピードで駆け抜けたけど、いまはゆっくり、じわーってしみてく感じ。本当に、うれしい。

抱きしめてたレコードを、優しくつかみなおして、あらためて花火の写真を見てみる。チェリーくんといっしょに見れる。デートだ。うれしいな。……あれ？

気持ちが落ち着いた私は、手に持ったレコードに違和感を覚えた。レコードの側面が、波打って見える。そう言えば手に持った感触も、盤面がすこし歪《ゆが》んでるような。

縁側の畳の上にレコードを置いてみるとよくわかった。畳とレコードの間に山なりの隙間がいくつもできてる。やっぱりこのレコード、盤面が歪んじゃってるんだ。

「これ、ちゃんと聴けるのかな？」さっき私がギュッと抱きしめちゃったからかもしれない。きれいな平らなほうがちゃんと聴けるよね。

私は畳に置いたレコードの歪みを手でのばすように体重をかけた。

そのとき、私は深く考えてなかった。レコードが、割れることがあるなんて。

体重をかけた瞬間、夕方になってちょっと涼しくなった中庭にパキッと硬くて冷たい音が響いた。両手に亀裂《きれつ》が食い込んでくるような感触。

血の気が、頭から足の先に向かって、一気に引いた。急にからだが寒くなって、マスクのなかの湿気が冷たい。

両手をゆっくりとあげていく。手のひらにくっついたそれが、ペリッて音をたてたみたいに私から剝《は》がれ落ちた。

「ウソ……」

畳の上にあるレコードは、私が体重をかけた部分が、割れて破片になってた。

「スマイル」

心臓が飛び出そうなほどビックリして、チェリーくんの声に振り向いた。

パキパキッ！

さっきよりもハッキリとその音が響く。私は状況がさらにヤバいことになってると、だんだん理解しはじめた。

急に呼ばれてビックリした私は、振り向きながらレコードを隠すように両腕をかぶせて尻《しり》もちをついちゃって……。

「レコードは？　……どうしたの？」さっきからチェリーくんとずっと目が合ってる。最初はふつうに聞いてきたけど、私の様子がおかしいって伝わったと思う。チェリーくんの声のトーンが深刻な感じになったから。

背中で組まれた状態の両腕を、私はゆっくりとあげて、だらんとおろした。

見たくないけど、確認しなきゃ。わかってるのに、からだが言うことを聞いてくれない。でも、見ないと……。

サビた自転車のハンドルみたいになかなか動いてくれない上半身を、ギギギッて音が出そうなほどむりやりひねって、私は振り返った。

畳の上には、さくらさんの笑顔が、ガラスの破片みたいにいくつも鋭く尖《とが》って、散らばってた。

八月十六日（金）。

目がうさぎみたいに赤い。目のまわりも。鏡のなかの私は、いろいろとぐちゃぐちゃ。

あのあと、私はわけがわからなくなるくらい取り乱しちゃって、つばきさんに気にしないでってずっと慰められてた。フジヤマのおじーちゃんに何度も何度も謝ったけど、泣きすぎて自分でもなに言ってるのかわからない感じだった。でも、怖くてフジヤマのおじーちゃんの目を見れなかったことだけはハッキリ覚えてる。

そのあと、みんなに慰めてもらった私はやっと落ち着いて、チェリーくんが家まで送ってくれた。

家に帰ったあともずっと泣いててぜんぜん眠れなかった。ジュリちゃんもマリちゃんもママもパパも、みんな私のこと慰めてくれた。みんなに慰められてばっか。だけど、ふとフジヤマのおじーちゃんの顔が思い浮かぶと涙が止まらなくて、ベッドに一晩中うずくまってた。

「またスマホなくしたの？」ってマリちゃんは聞いてきたけど、スマホなくしたほうがまだマシ。レコードが波打ってたから直したほうがいいと思って、でも、余計なことだった。取り返しのつかないことをしてしまった。

私は、フジヤマのおじーちゃんの大切な思い出を、壊した。

時計を見たら11時すぎ。もうすぐお昼だ。今日は13時から陽だまりでバイト。正直いくのが怖い。でも、いかなきゃ。フジヤマのおじーちゃんにもう一回ちゃんと謝らなきゃ。

陽だまりについたけど、フジヤマのおじーちゃんはいなかった。

ホワイトボードに書かれた《藤山さんは本日お休み》が、私をまた落ち込ませた。

ナミさんたちや陽だまりのおじーちゃんおばーちゃんたちは、まだレコードのことを知らないみたい。いつもと変わらず明るい。私にもいつもみたく声をかけてくれたけど、私がヘコんでるってのがすぐに伝わって「どしたの？」ってみんな心配してくれた。

私は、レコードのことを言えなかった。

察してくれたのか、みんな深くは聞いてこなかった。チェリーくんも……。

チェリーくんも、なにも言ってこない。私も気まずくて、なにも言えない。昨日送ってくれたお礼もちゃんと言えてない。だるま音頭の練習中も、なんとなく距離が離れてた。時間がすぎるのがゆっくりに感じた。

「じゃ、明日《あした》は夜の19時から屋上で本番だよー」

「みんな浴衣《ゆかた》忘れないようにねー」

ナミさんとあき子さんがみんなに声をかけたとき、時計は17時ちょっと前をさしてた。もうすぐ今日のシフトが終わる。チェリーくんも17時までのはず。

「チェリーくん」私は後片づけをしてるチェリーくんの背中に向かって呼びかけた。

チェリーくんはビクッとからだを起こして振り向いた。私は思わず目を合わせないようにうつむいてしまった。でもうつむく一瞬、首もとが視界に入って、チェリーくんがヘッドホンを首にかけてるのがわかった。

「……あの、このあといっしょに……いい？」なんとか声を絞り出す。「フジヤマのおじーちゃんに、もう一回ちゃんと……謝りたくて」

「あ、うん……。もちろん……」チェリーくんの声も、私と同じくらい小さくて。

「ありがと……」

チェリーくんに、昨日送ってくれたこと、お礼言わなきゃ。レコード割っちゃったこと、謝らなきゃ……。言わなきゃ。……声が出ない。言葉にすると、昨日のことが、本当なんだって認めちゃうみたいで、怖い。本当なんだけど、認めるのが怖い。そんな気持ちが私のこころを埋め尽くす。

「あの……」私とチェリーくんの間にあった見えない空気のかたまりをとおって、チェリーくんのつぶやき声が聞こえた。私はすこし顔をあげて、チェリーくんの胸元あたりを見る。私と同じ、ナミさんが手書きした《チェリー》って文字が小さく揺れてる。チェリーくんは、そのあとまた黙っちゃって、でも名札の《チェリー》は揺れつづけて。

「実は僕も……」「こんにちはー」

聞きなれない元気な声が、チェリーくんの小さな声をかき消した。入り口の方からだ。

スタッフ用スペースにいた私は、パーティションの向こうからあらわれたその女性を見た。入り口に背を向けてたチェリーくんも、振り向いてそのひとを見る。

「あー！　まりあさん超久しぶり～」ナミさんがそのひとに明るく声をかけた。「どーも」とそのひとが手をふる。あき子さんやおじーちゃんおばーちゃんたちも集まってきて、みんな笑顔で話し始めた。

「腰のほうは？　もう大丈夫なんですか？」田中さんもパソコンがある机から立ち上がって、私とチェリーくんの前を通りすぎて、そのひとのところに歩いていく。

まりあさんって呼ばれたそのひとは腰をさすりながら「ええ。おかげさまで」とはにかんだ。

入り口前に陽だまりにいるひとたち全員が集まった、私とチェリーくん以外。

「チェリーね、まりあさんの代打、バッチリだったよー」「うんうん！　ホント助かったぁ」ナミさんとあき子さんが笑顔で言うと、まりあさんは「そっかー、よかったわぁ。ちょっと心配してたの」とうれしそうに笑った。

みんな、あのひとのこと知ってるみたいだけど、チェリーくんが代打？

「……あのひとって？」チェリーくんを見ると、苦しそうな顔でうつむいてる。まばたきを何回もして、口が小さく開いた。

「僕の……お母さん」

どういうこと？　お母さん？　が、チェリーくんの代打？　違う。あのひとの代打が、チェリーくん。……え？　なんで？

「みなさん、うちの子がお世話になりました」とチェリーくんのお母さん、まりあさんがゆっくりお辞儀した。まりあさんをかこんでいたみんなも、それにこたえてお辞儀する。

「佐倉さん。いままでありがとうございました」田中さんがチェリーくんのほうを振り返って、ゆっくりお辞儀した。

「マジでおつかれー」

「ホントなら明日のだるま音頭も、いっしょに踊りたかったんだけどね……」

「ごめんなさいね、主人の仕事の都合で。結以もごめんね」

ナミさんやあき子さんやまりあさん――自分のお母さんに声をかけられても、チェリーくんは黙ってうつむいたままだった。

私は、そんなチェリーくんを、じっと見つめるだけだった。

夕方になると田んぼのカエルの鳴き声が大きくなって聞こえる。——ちがうか。さっきから私もチェリーくんも黙ったままだからだ。

わだちがゆっくり後ろに流れてく。カエルの鳴き声にまじって、私とチェリーくんの足音が聞こえる。

ザッ——ザッ——ザッ——。

すごくゆっくりなテンポ。

「……引っ越しのこと、黙ってて……ごめん」

「……いつから、決まってて……たの？」

「……夏休み、に……入ったときには」

「……花火は？」

足音が同時に消えた。

「いっしょに……見にいこって……」

カエルの鳴き声。稲が揺れて擦れる。用水路。幹線道路を走る車。風。マスクのなかで行き場を見失った、私の声。

「……ごめん」

チェリーくんの声はいままで聞いたなかで一番小さかった。でも、届いた。私のなかに大きなかたまりになって落ちてきて、なぜか私は、レコードを割っちゃったときのパリッて音と、手から剝《は》がれ落ちたレコードの破片の感触を思い出してた。

「……そっか」

声に出すと、マスクが擦れてほほが痛い。耳のまわりも痛い。矯正器が私の前歯を締めつけて痛い。

痛い。いたい。いっしょにいたい。いっしょにいたいよ。いたいのに。

「……じゃあ、元気でね」

ザッ。ザッ。ザッ。

テンポがはやい、私の足音。チェリーくんの足音は、聞こえてこない。

……鳴き声。ちがう、泣き声。チェリーくんの泣き声がだんだん遠ざかっていく。

痛い。いたい。いっしょにいたい。

どうやってここまできたんだろ。

気づくと、フジヤマのおじーちゃんのお店がある商店街を歩いてた。街灯が点《つ》いたり消えたりして、そのたびに私の影も点いたり消えたり。

チェリーくんとのお別れがツラすぎて、痛すぎて、なにも考えられなくなりそうだけど、そう、私はフジヤマのおじーちゃんにちゃんと謝らなきゃいけないんだ。

お店の前には小さな人影があって、最初は暗かったからだれだかわからなかったけど、ゆっくり近づくと綿毛の頭、フジヤマのおじーちゃんだとわかった。

お店からすこし離れて、上のほうを見てる。視線をたどってみると――お店の屋根を眺めてるっぽい。

初めてこのお店にきたとき、私も屋根を見あげた。そこには《FUJIYAMA RECORD》って書かれた山の形の看板があったけど……いまそこには、なにもない。私は思わず立ち止まった。

お店が畳まれちゃうし、きっと看板もおろしちゃったんだ。

またフジヤマのおじーちゃんを見る。看板があったところを静かに見つめる姿が、なんだか痛々しい。

本当にひどいこと、しちゃったんだ、私。

胸が痛い。レコードのことも、チェリーくんとのお別れも。いたい。

割れて散らばったさくらさんの笑顔が頭のなかをよぎる。バラバラになったレコード。

あのときにもどれるなら、無理やりレコードを直そうなんてしないのに。割れてしまったものは、もとにもどらない。バラバラになったら、離れるしかない。別れるしかない。……いっしょにいたくても。お別れするしかない。

でも、いたい。いっしょにいたいよ。いっしょに――そうだ。

瞬間、あることを思いつく。

うまくいくかわからない。でも、チャレンジしてみたい。

「フジヤマのおじーちゃん」

私の声に、フジヤマのおじーちゃんはゆっくりこちらを向いた。

「あのレコード、貸してください」

私はフジヤマのおじーちゃんに謝って、思いついたアイデアを伝えた。

フジヤマのおじーちゃんは笑顔で割れたレコードを貸してくれた。ジャケットといっしょに。私はそれを、ひとつの破片も無くさないように大切に持って帰ってきた。

いま、そのレコードの破片が、共有スペースの机の上にぜんぶ並べてある。その横にパパから借りた瞬間接着剤。

割れた破片を、ぜんぶ元どおりにくっつける。離れ離れになったさくらさんの笑顔をいっしょにする。そうすればレコードが聴ける。これが私のアイデア。

フジヤマのおじーちゃんにさくらさんの声を聴いてほしい。その思いは変わらない。でも私は、このレコードがもとにもどればチェリーくんとの関係も、もしかしたらもどるんじゃないかって、そんなありえない希望を持っていた。ありえないってわかってる。チェリーくんは引っ越しちゃう。でも――。

とにかくレコードをもとにもどそう。いま私にできるのはそれしかない。

破片は、割れたガラスの破片みたいにバラバラ。でも、一番小さい破片でも小指のサイズくらい。パズルみたいに形をたどっていけば、キレイな円にもどる。波打って歪《ゆが》んでたことが幸いして隣り合う破片がわかりやすい。パズルをもとにもどす作業は、一時間くらいでうまくいった。

ここから破片同士を瞬間接着剤でくっつけていく。

子供のときにキュリオ・ライブでマリちゃんが壊しちゃったパパのプラモデルを接着剤で直すって配信をしてたな。いっしょにやってたジュリちゃんが髪に接着剤つけちゃって、すごい泣いてた。

破片をひとつ手に取る。レコードって固いから分厚いイメージだったけど、実際はけっこう薄くて、定規くらいな感じだった。

側面に接着剤をつけていく。多くつけるとはみ出ちゃうから、量は気をつけて。接着剤をつけ終わったら隣の破片をくっつけて断面を合わせる。

――じっと待つ。瞬間接着剤って言っても、20秒くらいは待たないといけない。20秒なんてあっという間なはずだけど、いまはすごく長く感じる。

時間がたって、私は片方の手をゆっくり離した。……よし。ちゃんとくっついてくれた！　この感じでぜんぶつなぎ合わせていこう！

破片はたくさんあるからぜんぶくっつけるのは大変そうだけど、明日《あした》までに終わらせてフジヤマのおじーちゃんに聴いてもらうんだ。

次の破片の側面に、接着剤をつける。量は多くなりすぎないように――。

途端に手元が軽くなる。さっきくっつけたはずの破片が落ちて、机の上ではねた。

ヤバい、ちゃんと固まってなかったんだ。

最初に接着剤をつけた破片に、重ね塗りする感じで接着剤をつけた。けど、先に固まった部分がかさぶたみたいになってて、断面が凸凹になっちゃってる。

イヤな予感がした。落ちた破片を拾い上げてまたくっつけてみたけど――やっぱり。かさぶたが邪魔して断面がキレイに合わない。

どうしよう……。かさぶたを削る？　カッターとかはさみで――でもレコードが傷ついたら……。

大丈夫。ちょっとずれてもレコード聴けると思う。このままつづけよう。

私はそのまま、破片と破片をくっつけて、固まるのをじっと待った。

もう夜だから、部屋は静か。じっと破片を見つめる。時間が、長い。

こうやってじっとしてると、いろんなこと、思い出しちゃう。

ヘッドホンがモヒカンみたいに見えたたな。歳時記、漢字覚えたよ。初めていっしょに帰ったとき、私から話しかけてばっかだったし。夕暮れの、フライングめく、夏灯。

声、カワイイって思った。『めく』もカワイイ。新しい俳句がコメントされるの楽しみだった。いいねするのも楽しかったよ。レコード探すよって言ったとき、私にも言葉がまっすぐ届いたの。馬伏山、実はあれが初めてのデートじゃない？　フジヤマのおじーちゃんのお店、超暑かったよね。そうめんいっしょに食べたかったな。レコード見つけたとき、声がハモッちゃったの、私うれしかった。『俺』ってなんか、ズルいよ、男の子って。『葉』って、もしかして……打ち間違い？　花火、かわいくない？　花火、いっしょに見よって、さそったの、めっちゃ恥ずかしかった。『いくよ！』って、声、ハッキリ聞こえた。聞こえたよ……。間違えちゃった。あれ、ジャパンさんに言ったんだね。人生で一番うれしかった、のに……間違えた。……レコード、直そうとしなければ。私があんなことしなければいまごろフジヤマのおじーちゃんはさくらさんの声が聴けてた。私が、あんなこと……。

私は片方の手を、ゆっくりと離した。——ちゃんと固まってくれた。と、思ったのに。

机の上で破片がはねる。くっついたと思ったのに、また落ちちゃって。

その破片の上に、涙が落ちてはじけた。何粒も。

こらえられなかった。涙が止まらない。うまくいくと思ったのに、うまくいかない。

昨日から泣いてばかり。

痛い。こころが、すごく。

目が覚める。……明るい。

からだを起こすと、背中とかひじがギギッてきしむみたいに、痛い。振り返って窓の外を見たらすっかり明るくなってて。お昼くらい？

机の上の時計は……15時ちょっとまえをさしてる。

机でそのまま寝ちゃったんだ。

「やっと起きた」ジュリちゃんが部屋に入ってきた。「ほら」とマグカップを差し出してくる。私はボーッとそれを見つめて、「ありがと」と受け取った。ひとくち飲んでみると、「紅茶。常温にしといたから。寝起きに冷たいのはよくないからね」ジュリちゃんが微笑んだ。優しいな、ジュリちゃん。

紅茶をもうひとくち飲んで、マグカップを机の上に置いた。

机の上には、昨日の私の努力の結晶が置いてある。

ぜんぶの破片をつなぎ合わせた、凸凹《でこぼこ》な、レコード。

さくらさんのカワイイ笑顔が、盛り上がった接着剤に侵食されてたり、ちょっとズレてたり。くっついてはいるけど、キレイな円とは言えなくて、とても再生できる状態には見えない。レコードとかに詳しくない私でも、それはわかる。

「ねぇねぇー」マリちゃんの元気な声が部屋に響いた。ドアのほうを見てみると、マリちゃんがからだを半分だけ見せて「リビングおりてきてー」と手を振ってた。

マリちゃんについてって1階におりた。ジュリちゃんもついてきた。

「お、やっと起きた」とパパが笑った。

「ほら、これ。仕立てといたよ」ママが指さした先、そこには衣文《えもん》掛けにかけられた花柄の浴衣《ゆかた》があった。薄いピンクに桜柄がカワイイ。「着付けしてあげるから、用意して」

そうだ。今日、だるま祭の日だ。

浴衣はぜんぶで三着。私のと、ジュリちゃんとマリちゃんのも。

「元気出してさ。いっしょにいこ？」マリちゃんが私の腕に抱きついた。背の低いマリちゃんが上目遣いで微笑んでる。

「私も受験勉強疲れちゃったし」ジュリちゃんが反対の手を握ってきた。ジュリちゃんも微笑んでる。

——ジュリちゃんもマリちゃんも、本当に優しい。ママもパパも。私のこころはボロボロだけど、みんな温かくって、元気が出てきた。

レコードは元通りにできなかったけど、でも、フジヤマのおじーちゃんに渡そう。もう一回ちゃんと謝ろう。ジュリちゃんとマリちゃんがいてくれる。それがいまの私には、すごく心強かった。

ママに着付けをしてもらって、髪も結ってもらった。

せっかくの浴衣姿だけど、やっぱり出っ歯を見られたくなくて。

マスクはつけて私たちは三人で家を出た。

「本当に、ごめんなさい」

大きく頭を下げる。私なりの、精いっぱいのごめんなさい。どうか届いてほしい。

顔をあげると、フジヤマのおじーちゃんはつぎはぎだらけのレコードをじっと見つめていた。それからゆっくりと私の目を見て、優しい笑顔でうなずいてくれた。

よかった。私の気持ち、ちゃんと受け取ってもらえた。フジヤマのおじーちゃんの笑顔に、私はホントに救われた。

「それ、レコードなんだ」ナミさんが近づいてきて、フジヤマのおじーちゃんの手元を見ながら言った。あき子さんも顔を寄せる。「写真が印刷されてるの？」

「ピクチャー盤ていうレコードらしいです」

教えてあげると「へぇー」とふたりは感心した様子だった。

レコードのことは、さっきナミさんたちに話した。みんなで捜して見つけたこと。

それを私が、割っちゃったこと……。

フジヤマのおじーちゃんがレコードをナミさんに差し出すと「ありがと」とナミさんは笑顔で受け取った。

「この女のひと、かわいいじゃん」

「フジヤマのおじーちゃんの、奥さんなんですよ」

「マジで⁉」ふたりはさらに興味をひかれたようだった。

「――裏も写真なんだ」ナミさんはレコードをひっくり返した。反対側は花火の写真。だるま音頭の花火。私のくっつけかたがうまくいってないから、こっちの面も凸凹が多くて申し訳ない気持ちになっちゃう。

「これ、どっかで見たような……」ナミさんが眉間《みけん》にしわを寄せて、レコードを顔に近づけた。

「もうすぐ出番の時間だから、みんな、屋上いこっか」あき子さんが振り返ってみんなに声をかける。

……時間か。私は部屋に飾られた時計を見た。

時計の針は18時ちょっとまえをさしていた。私たちの出番は19時。たくさん練習してきただるま音頭の踊りを、屋上のメイン会場で披露する。たしかにそろそろ移動したほうがいい……かも……。

――あれ？　なんだろ。なんか、すっごく大事なことを見落としてる。

『28年前に工場が閉鎖されたあと、ヌーベルっていう会社がその敷地を工場の建物ごと買い取ったんです。ヌーベルは全国で大型商業施設を展開していまして、プレス工場をショッピングモールに生まれ変わらせたんですね。で、この会社は商業施設を建てる際に、地元に配慮してその土地の記憶を完全には消し去らないようにしているらしいんですよ。もとあった設備を流用したり、モニュメントとして使用することがあるって。関西には古くなった野球場のメインスタンドを残したままショッピングモールに生まれ変わらせた例もあるって聞きましたよ。このモールはレコードプレス工場だったから、モールのなかに置かれてる時計などが、実はレコードだったりするんです』

写真展で案内のひとに聞いた話が瞬間で頭のなかをよぎった。

『モールのなかに置かれてる時計などが、実はレコードだったりするんです』

「あぁぁぁ!!」

ナミさんが急に大声をあげたから、考えごとをしてた私はホントに心臓が止まるかと思った。

ナミさんは、驚いた様子でなにかを指さしてた。目で追ってみるとその指は、フジヤマのおじーちゃんが座ってるソファーの上、天井近くにかけられた円盤状の時計をさしてた。さっき私も見た時計。いつも陽だまりに飾ってあったもの。花火の写真が時計の盤面になってて、数字が書いてないから時間がわかりづらいやつ。

……待って。この時計の花火……さくらさんのレコードと同じ写真。

私はあわてて下駄《げた》を脱いでソファーにのぼった。壁にかけられた時計を外して、まじまじと見てみる。

「あ！」思わず大きな声を上げてしまった。よくよく見てみると、レコードみたいに表面に細かい溝がある。さくらさんのレコードを探すときに何枚も中身を確認して触ったからわかる。これ、ぜったいレコード。

その時計は、レコードの穴から短針と長針がのびてる状態だった。私がカワイイって思ったあの花火の写真の上を、短針がカチッと動いた。

震える手で、裏返してみる。

……目が合った。さくらさんと、目が合った！

真ん中に取り付けられてる電池とかが入った機械をつかんで、ゆっくり外した。そこには、あのさくらさんの笑顔があった。

「これ！　レコード！」私は急いでフジヤマのおじーちゃんに手渡した。

フジヤマのおじーちゃんは信じられないといった様子でまじまじと見て、「さくら……」とうれしそうにつぶやいた。

こんな奇跡って、ある？　ホントにすごい。まさか陽だまりに、さくらさんのレコードがあるなんて。

「チェリーもさぁ」ナミさんがため息交じりに言った。「アイツ、間ぁ悪すぎだよなぁ」

「あぁー、ねぇ」あき子さんも乗っかって「引っ越し、今日じゃなければいっしょにレコード聴けたのにねぇ」

夜になるし、チェリーくんはもうきっと引っ越しちゃってる。……いっしょに聴くことは、できない。

私は巾着《きんちゃく》からスマホを取り出して開いた。

このスマホを取り違えたところから、チェリーくんとの一夏が始まったんだ。

チェリーくんもレコードを一生懸命捜して、フジヤマのおじーちゃんに聴かせたがってた。レコードはあったのに、チェリーくんがいない。さくらさんの声、いっしょに聴きたいのに。

……スマホ。そうだ。スマホだ。私にできること、チェリーくんといっしょにレコードを聴く方法、一つだけあった！

それには陽だまりのみんなの協力が必要。

あと、レコードにくわしいジャパンさんも。

「みんな、お願い！」

私は私にしかできない、私にならできることをするため、マスク越しに、大きな声で言った。

サイダーのように言葉が湧き上がる

部屋の壁にかかったカレンダー。

八月十七日（土）。《16時　引っ越し業者来る》の文字。自分で書き込んで、何度も見てきたけど、ついにその日になった。

カレンダーを壁に留めていた画びょうを外す。壁に小さな穴。指でさすったけど、穴は埋まらない。別にいい。もう出ていくんだし。

これで引っ越しの準備は全部終わった。

昨日、スマイルと別れたあと一気に進めた。

それまでぜんぜん手につかなかったのがウソみたいに、あっという間に段ボールに詰め込み終わった。

手に持ったカレンダーを、四つ折りにする。燃えるゴミの袋に放り投げると、ビニール袋の擦れた音が部屋に響いた。カレンダーは、新しいのを買えばいい。

部屋のなかをゆっくり見まわす。夕陽がベランダから差し込んでいる。日向《ひなた》の境は、僕の足元で止まっていた。

六畳の部屋、物が無くなるとそれなりに広く感じる。

物心ついたときから住んでいたこの団地。ガランとした僕の部屋が急に他人のもののように感じる。エアコンはさっき切ったから蒸し暑い。首にかけたヘッドホンが、汗のせいで肌に張りついてるように感じる。

僕はヘッドホンを両手でつかんで、ゆっくりと耳にかけた。

「そっか……」スマイルの声が頭のなかに響く。ヘッドホンで静かになったから、余計にクリアに再生される。

あのときスマイルは僕の前でうつむいて、小さく言った。小さくても、マスク越しでも、はっきり聞こえた。

「じゃあ……元気でね」リフレインする、別れの言葉。

さよならは、言わない。言わないから、余計に別れを強く感じた。スマホがあれば引っ越したって変わらない、そう考えていたはずなのに。

スマイルを好きになればなるほど、引っ越しのことを告げられなくなって。

——告げられなかったんじゃない、告げたくなかったんだ。

言葉にしてしまうと、その事実が本当になってしまう気がして。——引っ越しはなくならないのに、なに考えてんだ。

「花火……いっしょに……見に、いこ？」

だるま祭の日、僕は引っ越してここにはいないのに、でも、スマイルといっしょに花火を見たくて——。

結局、中途半端な僕の言葉はスマイルを傷つけた。間違って届いた。……間違ってないか。僕だっていっしょに見たかった。

もっとはやく引っ越しのこと告げられていたら、もしかしたら違ったのか？……ありもしないこと考えたって、むなしいだけだ。

——廊下からインターホンの音。「はーい」とリビングのほうからお母さんの応《こた》える声。引っ越し業者がきたんだ。

ポケットからスマホを取り出して時計を見る。本当は16時にくるはずだったけど、時計は17時23分だった。ちょっと遅れたんだな。だからって、別に大丈夫だ。引っ越し先への積み入れは明日《あした》の昼からだってお父さんが言っていた。

スマホを閉じて、ポケットにしまう。

足元にあった日向の境は、左足の指先にすこしかかるくらいにのびていた。

僕は左足を後ろに引いて、部屋から出ていった。

頭のなかに、あの句が浮かぶ。

さよならは言わぬものなりさくら舞う

引っ越しトラックに荷物を積み終わったころにはすっかり日が暮れていた。

トラックといっしょに、お父さんが運転する車で出発する。お母さんは助手席に座って、僕はひとり後部座席に座った。

窓外に流れていく景色。僕の意思とは関係なく、次々に過ぎ去っていく。

幹線道路の歩道を歩くひとの服装は浴衣《ゆかた》とか甚平とかが目立って、みんな楽しそうに笑ったり早歩きしたり。

モールに向かっているんだ。だるま祭にいくために。

ヘッドホンのおかげで、僕のこころは静かだった。モールに向かうひとたちの熱気なんて、まったく入ってこない。過ぎ去っていく景色。単なる景色。

ピロン――。

不意にヘッドホンから音がして僕はハッとした。通知音だ。

急に現実に引きもどされたような感覚。視界が狭く感じる。

意識はポケットのスマホに向いていた。

僕はすこし腰をあげて、スマホを取り出した。ケースを開いて、サイドスイッチを押す。暗い車内にスマホの画面が明るく灯《とも》って、その言葉は僕の目に飛び込んできた。

【CURIOLIVE】
スマイルさんが配信を開始しました

言葉は出なかった。驚きすぎて。

スマイルが配信開始？　スマホの時間は19時24分。……陽だまりのみんながだるま音頭を踊る時間だ。

こころがざわつく。ダッシュする。――はやく、はやく！

通知バーを急いでスワイプしてキュリオ・ライブを立ち上げた。

見慣れたインターフェイスが立ち上がると、画面には紅白の布とちょうちんが飾られた2階建ての櫓《やぐら》と、それを取り囲むたくさんの観客が映し出された。

夜だけど空だけが暗くて、櫓のまわりはちょうちんや出店の照明で明るかった。

――だるま祭の会場だ。

『まつりだぁ！』『スマイルちゃん、お祭りいってるの？』『夏祭り生配信』リスナーのコメントも盛り上がっている。

櫓の1階部分は1ｍくらい底上げされてて、柵《さく》の向こうに並んでいるひとたちの全身が見えた。浴衣姿のおじいちゃんおばあちゃんたち、金髪のふわふわツインテール、サッパリしたショートカット、陽だまりのみんなだ。……メガネとお団子あたまのふたり、ジュリさんとマリさんも。

2階には大きな和太鼓の横にひとりの老人。綿毛頭。サイズは小さいけどよくわかる。フジヤマさんだ。

「はーい！　つづいては、デイサービス陽だまりのみなさんによる踊りの披露です！」ヘッドホン越しに、会場で誰かがマイクでしゃべる声が聞こえてくる。「恒例の、小田山だるま音頭に乗せてお楽しみくださぁーい！」この声聞いたことある……

ハイハイレースで司会していたひとだ。フライングの。

司会者の紹介が終わらないうちから観客が拍手をした。人数が多いので拍手の音量がすごい。盛り上がりの熱気が画面と音で僕に向かってくる。

拍手がだんだん小さくなる。ざわつきが会場に充満した。みんな、だるま音頭が流れるのを待っているんだ。

……予感がする。思考が走る。スマイルがわざわざこのタイミングで配信してる。これは、僕に向けた配信。確信はない。でも、この感じ。そうなの？　はやく聴きたい。はやく、流れろ。はやく！


——音色が、会場をやさしく包んだ。

ヘッドホン越しに僕のなかに入ってくる、ギターの音色。アコースティックギター。ゆったりと、やさしく。

もちろんだるま音頭なんかじゃない。これは——そうなんでしょ？

やわらかなギターのイントロが終わって、歌声が流れ始めた。

透き通った、ふわっと舞うような、軽やかな女性の歌声。

僕は目を閉じた。画面を見なくても大丈夫。

耳に全神経を集中して、スマイルからの贈り物を受け取る。

思い出してただ夢中に
生きてたあの頃を
そしてあなたとめぐり逢《あ》えた
この世界の奇跡

あの日　あのライブハウス
稲妻に打たれたように恋におちた

心の扉を開く鍵《かぎ》
たった一つの鍵
それは自由への翼
手ばなした夢は　虹《にじ》のかけはしになる

誰かのためではなくって

あなただけのために
いつかではなく今あなたに
この歌届けたい

そして　来年も
ふたりでいっしょに桜を見に行こう

探し続けた胸の中に
言葉が満ちてくる
今も色褪《あ》せぬメロディー
幻のチェリーコーク　わたしと生きてる

僕はゆっくり目を開けた。

画面内で、曲に合わせて陽だまりのみんなが音頭を踊っていた。テンポがちがうけど、ちゃんとリズムに合わせている。

フジヤマさんも。――サイズが小さくてわからないけど、笑って見える。

フジヤマさん、思い出せたの？　この歌声、この曲、そうなんでしょ？

「フジヤマさんのレコード？」

僕は車の窓外を見た。

幹線道路と田んぼの先、屋上が明るく光っているモールが、だんだん近づいてくる。

レコード、割れちゃったのに、どうして？　ほかにもあったの？　スマイルが見つけたの？

急に体が背もたれに押しつけられた。近づいたモールが窓外で左から右に流れて、リアガラス側に移動した。車が交差点を左折したんだ。

リアガラス越しにモールが遠ざかっていく。

あそこにスマイルがいる。こころがざわつく。

離れてく。離れたくない。でも、引っ越しが……。

いきたくない。でもしかたない。スマイルのところにいきたい。いってどうする。

頭のなかで感情が上がったり下がったり。どうすればいい？

ふと、気配を感じる。歩道のほうだ。……タフボーイ!?

そこにはタフボーイがこちらを見ながら必死に走る姿があった。肩につかまったトムが振り落とされないように必死にしがみついてる。

車のスピードには敵《かな》わないから、タフボーイはすぐに視界から消えてしまった。けど、走りながらなにかを指さしていた。車が進んでいくほう——。

街灯に照らされた道路沿いの看板。通り過ぎていく、その一枚一枚に一文字ずつ、グニャグニャなデッカイ文字。

「や……ま……ざ……く……ら……か……く……し……た……そ……の……歯……ぼ……く……は……す……き……」

《き》の看板とビーバーが通り過ぎる。こっち見て、ニヤリとサムズアップして。

——ぼくはすき。やまざくら。スマイル。好き。僕は、好き。言葉が湧き上がる。ぼくはすき。僕は好き。スマイルのこと、僕は好き。

「お父さん！　停めて！」

車は路肩に寄せてゆっくりと停まった。お父さんとお母さんはいきなり僕が大声を出したのでかなりビックリしていた。

すぐに車を飛び出して、モールへ向かって走り出す。

「ちょっと結以！　どうしたのよ！」お母さんのあわてた声が背中越しに聞こえる。

「わすれもの！」お父さんお母さんごめん。大事なわすれもの、スマイルに届けてくる。

——あ、スマホ。車のなかにわすれた。——いらない。直接言うんだ。

「急げー！　チェリィー!!」叫ぶビーバーがだんだんと近づく。タフボーイもヘトヘトな感じで大きく肩で息をしながら、ビーバーの横に立っている。

僕はそのまま立ち止まらず、ふたりの間を走り抜けた。でも、ビーバーに言っておきたいことがある。

「間違ってるよ！　漢字！」

《歯》と書かれた看板の前を通り過ぎながら、指をさして指摘してやった。

「それタフボーイが書いたやつだぁー」

「お前の言うとおりに書いたんだろうがぁ！」

走りながら振り返るとタフボーイがビーバーの首根っこをつかみ上げていた。

「間違ってないけど！」そう大声で伝えると、ふたりとも笑顔でこちらを見て、サムズアップした。

間違ってるけど、間違ってない。ビーバーはたまたま間違えたんだろうけど、僕にとってはこれが正解。その気持ちも、スマイルに伝えたい。

走りながら、ヘッドホンから流れていたさくらさんの歌声がぶつ切りになる。スマホを車に置いてきたからだ。ヘッドホンとスマホの無線通信は僕がモールに近づくにつれて不安定になって、交差点に差しかかったのと同時に切れてしまった。

でも、聞こえてくる、さくらさんの歌声。ヘッドホンからじゃない。リアルな音が空気を伝って僕の耳に届いている。

交差点を渡って見あげると明るく灯《とも》るモールの屋上がそこにあった。

さくらさんの声は、屋上から流れてくる。

はやくあそこにいきたい。全力で、屋上に向かった。


モールの屋上、だるま祭の会場はすごい人だかりだった。

出店が立ち並ぶ道をひとにぶつかりそうになりながら駆け抜けると視界がすこしだけ開けた。

あたりを見まわす。——あった。櫓《やぐら》。

さくらさんの歌声もあそこから流れてきている。

配信画面のアングルを思い出す。櫓全体が映っていた。あのまわりにスマイルがいるはず。

息が上がって、足も重い。汗が目に入って染みた。——もうすぐ会える。気持ちを伝えるんだ。もうすこしだけ頑張れ。

力を振り絞って、僕は駆け出した。


櫓の周辺は、配信で見たときよりもひとが増えていた。

スマイル、どこ？

画面に映っていた櫓は正面くらいからのアングルだったけど、四角形だからどこから見ても同じように見える。実際この場にきてみるとスマイルの居場所の特定が難しかった。スマホを置いてきたことを、後悔した。

櫓では、陽だまりのメンバーが踊りをつづけていた。みんな僕に気づいてない。

――スマイル、どこにいる？　そうだ、マスク。

マスクの女性を探す。……いない。ひとが多すぎてよくわからない。

せっかくきたのに会えないのか？　クソッ。いや諦《あきら》めるな。ぜったい気持ちを伝えるんだ――。

「感情や！」

会場に響きわたる大声。スピーカーのハウリング音と、さくらさんの曲と、「少年海より上がりけり！」

僕のヘッドホンを突き破るように届いたその声。僕はハッとして振り返り、櫓の2階を見あげた。

フジヤマさんが、マイクを握ってこっちを見ていた。手すりからすこし体を乗り出して、マイクを口元に向けながら。

観客も櫓の1階のみんなも、フジヤマさんに注目している。

「……感情や。少年海より、上がりけり」

今度は静かな声。さくらさんの歌声といっしょに、フジヤマさんの声が会場を包み込む。

フジヤマさん、それは攝津の句……感情や、少年海より、上がりけり——わかった。マイクで——わかったよ、フジヤマさん!

僕は人垣を縫って櫓に向かった。

人垣を抜けて櫓のふもとにつくと向かい側にスロープが見えた。

スロープを駆け上がる。陽だまりのみんなが驚いてこちらを見た。「チェリー!きたぁ!」とナミさんが叫ぶ。

みんなの歓声に押されるように、僕は2階につづくはしごに手をかけてのぼっていった。

2階では、フジヤマさんがワイヤレスマイクを差し出して待っていた。

笑顔だ、フジヤマさん。わかってるよ、フジヤマさんのメッセージ。

差し出されたマイクを、僕は勢いよくつかんで受け取った。そのまま奥に進んで、手すりのところで立ち止まり、目を閉じる。

ヘッドホンはいらない。耳から外して首におろすとさくらさんの曲がさらにクリアに聴こえた。

――よし、いくぞ。

僕はいまから、フジヤマさんがさっき僕に向けてやってくれたみたいに、マイクを通して、俳句を詠む。この会場のどこかにいるスマイルに向けて、気持ちを詠む。

目を開けて、観客を見おろす。

――視線。みんなの視線。

この高さから見渡すとよくわかる。みんな僕を見てる。

……顔が、あつい。マイクを握る手が真っ赤になってる。

声が出ない。出したくても、出せない……出せ。言え。声に出せ！　大声で言え！

伝えるためにこそ、言葉だろ！

マイクを強く握る。大きく息を吸う。

マイクに乗せて、大声で、スマイルに向けて、僕は詠み始めた。

十七回目の七月君と会う
夏旺《さか》んマスクの白を覚えけり
夕暮れのフライングめく夏灯
かわいいは僕には未知で河鹿《かじか》鳴く

矯正器、光ってた。両手で口を隠してすごく恥ずかしがってた。赤くなってた。矯正器ってつぶやいて、ゴメン。でも隠すことなんかないよ。はじめて見たときからカワイイって思ってた。もっと見たい。僕に見せてよ。マスクなんかいらないよ。

向日葵《ひまわり》や「可愛い」の意を辞書に聞く
青葉闇《あおばやみ》理由を知りたいだけなんだ
夏雲や二ミリの壁を越えたくて
夕立のように言葉は降る混ざる
ことのはも花火も使いきれぬほど

サイダーのように言葉が湧き上がる

スマイルと出会ってから、僕の句、スマイルのことばっかだよ。スマイルのこと考えると言葉が止まらないんだ。気持ちを詠みたくなる。知ってほしくなる。伝えたくなる。僕の気持ち、届いて欲しい。ほら、言葉が止まらない。どんどん湧き上がってくるんだ。聞いてほしい。僕の声、カワイイでしょ？　もっと聞いてよ。僕の声。

すれ違い生まれた言葉がキミを追う
届かない痛みを知った夏の蝶《ちょう》
雷鳴や伝えるためにこそ言葉
夕虹《にじ》や君に言いたいことがある
熱風のかけらを君の手の中へ
夏惜しむ君に伝えたい想い
熱風をそのまま君の手の中へ
全霊で叫ぶよ夏果ての君に

不意にあたりが暗くなる。会場の照明が落とされた？

ほとんど同時に、僕の正面、田んぼのほうから光の筋がゆっくりのぼっていった。

それが静かに消えた次の瞬間、轟音《ごうおん》とともに、夜空に大輪の花が咲いた。

観客たちが一斉に振り返る。みんな僕から視線を外して、次々と打ち上がる花火を見始めた。

観客はみんな僕に背を向けてたけど、ひとりだけ、僕のことを見つづけているマスクの女の子。櫓のふもとでこっちを見あげている。

――いた！　スマイル！

大きく深呼吸して、再びマイクを構える。

聞いて、僕の声、僕の気持ち、全部聞いて！

やまざくらかくしたその葉ぼくはすき
やまざくらかわいいその歯ぼくはすき
やまざくらかわいい言葉ぼくもすき
やまざくらかわいい花火ぼくもすき
やまざくらかわいい笑顔ぼくはすき

やまざくらスマイルのことぼくはすき

俳句の型なんてどうでもいい！　シンプルに！　もっとストレートに！

「君が好きぃぃぃぃ!!」


出し切った。全部。全力で叫んだ。息が荒い。

花火の火薬の匂いが鼻をかすめる。

花火は打ち上がりつづけて、会場を、観客を、スマイルを、色鮮やかに染めている。

スマイルは、じっと僕を見つめている。

花火が上がるたびにスマイルは逆光になって、でも陰のなかで、瞳《ひとみ》がキラキラ輝いて見える。

眉《まゆ》が、苦しそうに歪《ゆが》んだ。

スマイルの手がゆっくりとマスクにのびていく。

はぎ取るように、勢いよくマスクを外した。

――笑顔。スマイルは笑っていた。眉をひそめて涙を浮かべているけど、口元はキュッと上を向いて、かわいらしく微笑んでいた。白い歯が見える。

スマイルの眉がゆっくりと、山なりになる。表情がやわらかくなって、満面の笑みに変わっていく。

スマイルは、レコードに印刷されたさくらさんみたいに、大きく口を開けて、笑ってくれた。

前歯がキラッと光る。

「カワイイと思う。スマイルの笑顔！」

主な参考文献

『角川季寄せ』角川学芸出版編　ＫＡＤＯＫＡＷＡ
『攝津幸彦選集』攝津幸彦著　攝津幸彦選集編纂委員会編　邑書林

本書はアニメーション映画「サイダーのように言葉が湧き上がる」の監督自身が書き下ろしたノベライズです。

作中の俳句は、左記の方々にご協力をいただきました。

黒瀬珂瀾
大塚瑞穂　伊集院亜衣　尾和瀬歩也　佐藤翔斗
杉本茜　戸塚麗　中山弘毅　西田周平　野澤みのり
長谷川愛奈　原唯菜　松長諒　成田叡賦　根本悠太郎
熊谷太佑　横内毅
橋元優歩　五島諭　岩田由美　川合悠

小説《しようせつ》 サイダーのように言葉《ことば》が湧《わ》き上《あ》がる

イシグロキョウヘイ

令和2年 4月25日 初版発行
令和6年 12月15日 3版発行

発行者●山下直久

発行●株式会社KADOKAWA
〒102-8177 東京都千代田区富士見2-13-3
電話 0570-002-301(ナビダイヤル)

角川文庫 22126

印刷所●株式会社KADOKAWA
製本所●株式会社KADOKAWA

表紙画●和田三造

●お問い合わせ
https://www.kadokawa.co.jp/ (「お問い合わせ」へお進みください)
※内容によっては、お答えできない場合があります。
※サポートは日本国内のみとさせていただきます。
※Japanese text only

ISBN 978-4-04-109140-1 C0193

JASRAC 出 2002911-403

角川文庫発刊に際して

角川源義

第二次世界大戦の敗北は、軍事力の敗北であった以上に、私たちの若い文化力の敗退であった。私たちの文化が戦争に対して如何に無力であり、単なるあだ花に過ぎなかったかを、私たちは身を以て体験し痛感した。西洋近代文化の摂取にとって、明治以後八十年の歳月は決して短かすぎたとは言えない。にもかかわらず、近代文化の伝統を確立し、自由な批判と柔軟な良識に富む文化層として自らを形成することに私たちは失敗して来た。そしてこれは、各層への文化の普及滲透を任務とする出版人の責任でもあった。

一九四五年以来、私たちは再び振出しに戻り、第一歩から踏み出すことを余儀なくされた。これは大きな不幸ではあるが、反面、これまでの混沌・未熟・歪曲の中にあった我が国の文化に秩序と確たる基礎を齎らすためには絶好の機会でもある。角川書店は、このような祖国の文化的危機にあたり、微力をも顧みず再建の礎石たるべき抱負と決意とをもって出発したが、ここに創立以来の念願を果すべく角川文庫を発刊する。これまで刊行されたあらゆる全集叢書文庫類の長所と短所とを検討し、古今東西の不朽の典籍を、良心的編集のもとに、廉価に、そして書架にふさわしい美本として、多くのひとびとに提供しようとする。しかし私たちは徒らに百科全書的な知識のジレッタントを作ることを目的とせず、あくまで祖国の文化に秩序と再建への道を示し、この文庫を角川書店の栄ある事業として、今後永久に継続発展せしめ、学芸と教養との殿堂として大成せんことを期したい。多くの読書子の愛情ある忠言と支持とによって、この希望と抱負とを完遂せしめられんことを願う。

一九四九年五月三日